U0112608

消逝的

丁帆 著

风景

江苏凤凰文艺出版社
JIANGSU PHOENIX LITERATURE AND
ART PUBLISHING

目 录

辑四

引 子

城市就像一块海绵，吸汲着这些不断涌流的记忆潮水。

——伊塔洛·卡尔维诺《看不见的城市》

风景是属于自然和乡土的吗？随着工业文明的到来，城市风景线渐入书写佳境，我们可以寻觅到许许多多优秀的作家作品，但是这些作品大多都是凝固定格在一个历史的瞬间，窃以为，书写城市史，只有将一地的风景放在历史变迁的镜头下进行多次曝光，才能凸显出其深刻的文化内涵。

一直苦闷无法找到切入此题的方法，偶然想起二十世纪二十年代初苏联纪录片导演吉加·维尔托夫发明的"电影眼睛"理论——摄像机镜头记录下来的现实场景要比一个人眼睛观察到的生活情景更加真实，它出其不意地"捕捉生活"。这个理论影响了二十世纪五六十年代的法国电影向真实性靠近，更催生了"把摄像机扛到大街上去"的意大利新现实主义电影浪潮。我在二十世纪九十年代就拿它和当时中国流行的"新写实"小说浪潮进行比较。至后来张艺谋执导的《秋菊打官司》用这种方法吸引了大批观众，人们觉得这才是历史真实的长镜头。

但是，读了九十年前英国著名作家弗吉尼亚·伍尔夫那本原是给《好管家》杂志撰写的六篇伦敦街景的散文结成的集子《伦敦风景》后，我又被她简单直接的主观批判介入的叙述方法吸引，决定也给《雨花》杂志写六篇系列散文，取名就叫《南京风景》，和其他篇目一起，共同构成了这本《消逝的风景》。然而，名字可以用简洁直白的介入法，方法却想采取"电影眼睛"的视角去描写历史现场的风景，再用曲笔来为主题"画龙点睛"。

作为二十世纪现代主义意识流代表作家和女性文学的先锋作家，同时又是文学批评家和文学理论家，无疑，伍尔夫是一个才华横溢的写作高手，但她在《伦敦风景》中采取的是传统的"夹叙夹议"方法，不像她的小说那样流淌着意识流的跳跃，而是平铺直叙，其所有的才华尽显于对风景描写精彩的形而下叙述和对现实世界形而上的哲思议论。这种从形下升华到形上的互文境界，是一般人无法企及的艺术哲学境界。所以，尽管过去我也常用"夹叙夹议"的手法写随笔，但是，读了《伦敦风景》后，我就想改变一下文风，试图用"记事记景"的春秋笔法进行现场实录，我只想把我童年、青少年、中年和老年目击到的南京各地风景，尽力用"电影眼睛"中性客观的笔触呈现出来，再将当下我所看到的此地风景勾连起来，形成"叠印"效果，如此比对，或者更能读出历史的沧桑与况味来。好在历史给我提供了这样的机缘，因为我见证了南京从一个"半城半乡"走向大都市的历史过程。这就是我与伍尔夫的不同之处，我写的不仅是"风景"，更是"风景史"。

四十年前，我给北京出版社编写了一本《江城子：名人笔下的老南京》，2013年卢海鸣先生让我重新修订此书，并与邢定康提供了几篇新的遗漏篇目，重新命名为《金陵旧颜》，遂与后来的

《金陵物语》《金陵屐痕》《金陵佳人》形成了一个书系。沿着这些足迹，我寻觅自己在四个时代里看见的南京影像，回到当时的历史现场，把各个时段的观景联想不加修饰地呈现出来，即使是像弗雷德里克·拜泽尔在《浪漫的律令》中所说的"片面且时代错误的"思想，我也不愿站在现时代的理论高度去阐释旧时的影像。

　　最近看到两个视频，一个是将二十世纪初至二十世纪五十年代初拍摄到的老旧视频重新上色，让历史画面更加生动逼真地展示出来，现场感暴增，震撼力更强。我羡慕这种活色生香的历史美颜修饰方式，但是，考虑良久，我决定还是采用那种最原始的"电影眼睛"的现场呈示方法，即如 1944 年那个德国女人海达·莫理循拍摄下的大量南京街景的照片那样，去掉人为的主观浪漫情感抒发，把历史按捺定格在黑白之间的长镜头中，从沧桑中看取世相与人生，正像儿时看意大利"新现实主义电影"代表作《偷自行车的人》那样用"电影眼睛"还原南京的历史风景。

　　当今高科技摄像能够美化一个城市的容颜，让人在赏心悦目中获得心灵的升华，比如，当我看到一个名字叫舒小简的摄影师拍摄的南京美景，尤其是美轮美奂的夜景时，感到无比震撼：这就是我们无时无刻不在走过的街景吗？是我们身在此山不识庐山真面目所致，还是历史原本就没有色彩，审美疲劳让我们成为这个城市的"局外人"，抑或"生活在别处"才是人性的理想？于是我在发南京美景图时加了这样的按语：光影美化了现实，装饰了历史。当你每一天不经意走过这一路风景时，美与你的距离有多远呢？绚丽的色彩只有在与黑白底片的对比中才有历史的诗意。

弗朗辛·普罗斯在《伦敦风景》的内容介绍中说："宛若一位绝佳的旅游伴侣，弗吉尼亚·伍尔夫驱散了烟雾，向我们展示了在这座城市深深的地层之下究竟隐藏着什么。"我不是旅游伴侣，没有能力驱散烟雾，也没有意图去发掘地层深处的东西，我只希望从不同时代的眼睛折射中翻拍出历史细节的碎片，尽量用白描的手法，而非文学修饰的手法，去冲洗出我所看到的那时南京生活风景和市井风俗风情的底片。

无疑，我眼里的风景是一种广义的风景，它包括风情、风俗画面，当然也包括风景中的人。

辑　一

童眸中的童家巷

1946 年父亲自辅仁大学经济系毕业后在上海善后管理所工作，上海区划属于苏南公署，于是 1949 年父亲调往苏南公署工作，1952 年我出生于苏州，1953 年苏南公署与苏北公署合并，成立江苏省，江苏省会迁至南京市，也就是我不满三岁时，便成了"旧都"市民。一生当中，我家的居所辗转于城中、城南、城东，活动范围基本就在这个半径区域，即便游弋到城北和城西，也是浮光掠影地看到一些让我抹不去的影像。

小时候我在南京城里住过的街巷很多，大多数都带一个"家"字，如童家巷、申家巷、姚家巷等，我试图用"电影眼睛"去搜寻历史的底片，进行二次曝光，就是想把历史和现实链接起来看风景画面。

因为父母亲在省商业厅和省供销社工作，就是现在山西路上那个国家级文物保护单位的民国最高法院旧址，那时实行的是供给制，居所全是单位代为租赁的公管房，一般都是就近安排，所以距离不远的童家巷便是首选了。在我残存的记忆里，尚能记住三岁时居住在童家巷的房屋格局。二十多年前，我和母亲聊天时，当我准确地描述出那个老宅的样貌时，母亲惊诧不已。她说，那时我和你爸爸在省供销社上班，老阿姨就让你们兄弟俩整天坐在痰盂上，面对天井看风景，晚上回来一看，兄弟俩的屁股上都有一道深深的红箍。"看风景"这个词用得甚好，说者无意，听者有心，我以为这是我母亲一生中说出的最浪漫的词了。那时候我们无法迈出大门，看不见外面的街景，只能蜷缩在房屋的天井里看井底风景。

照例是一个对开的黑漆大木门，跨过高高的门槛，青石铺就的门廊地面，两边就是门房，左边的那间我最熟悉，因为第一次迎接祖父到来时的情形历历在目，底片保存完好：这是一间十二平方米左右的全木结构的房间，洗脸架上的铜盆里热水冒着水汽，祖父摘下瓜皮帽，用"香胰子"涂得满脸泡沫，也不怕肥皂辣着眼睛，随即又用铜剃刀装上英吉利刀片，在脸上和嘴上刮出了一片嗤嗤的响声。十三年后当我第一次拿起镰刀割麦子的时候，我体味到了这种收割的快感。清洗过后，祖父的刷牙动作程序与南方人无异，但是最后一个程序则是南方人绝对没有的，他拿出一个拱形的铜质器物，两端是圆柱形的把手，手柄末端是一个圆球收口，中端却是呈扁方形的薄片，他不停地将自己舌苔上带着黏液的白垢刮在面盆里，最后咕咚咕咚地把漱口水吐在盆里，而后将水泼在门外的窨井中，再打上一盆热水，用雪白的毛巾擦拭面庞，一切完毕，莞尔一笑。这让我看得津津有味，第一次像看一个外星人那样看风景中的人，也算是用"电影眼睛"去观察人间风景，那是因为人而记住了屋的构造。

院子的天井还不算小，在一个儿童的眼睛里尤其大，我们兄弟俩坐在痰盂上看白云飘过，看落叶飘飘，看风雨飘摇，看燕子飞到堂前筑窝，这些风景让我激动不已，那是一个充满活力的世界，我却并不知道这天井之外的世界还有什么。

我家居住的主卧是两间全木结构的东西厢房，倒也阔大，老式宽大的不上油漆的本色地板踩下去总觉得不踏实，还是民国时期留下来的紫色夹白色的粗电线吊着四十支的电灯泡，一拉与之平行挂下来的电灯线，房间里立马就如同白昼。我总是想去拉电灯线，却总是够不着，我想感受一下控制由黑到白的快感却没有机会。

东西厢房之间是一条隔着天井的十几米内长廊，至东厢房门侧是拐入后进的走廊，所有的墙面都是厚厚的木板砌成的，我们经常和一个季姓的邻人孩子在这里玩耍，这是两家的交界地带，但是我们似乎没有通过这个幽暗的走廊进入后面的另一个世界，不知道生活在别处的风景如何。

待到读初中时，我去山西路，才知道这一带是如此繁华，马路是那么宽阔，商店林立，路人纷纷，原来童眸中的屋外风景与井底风景大不一样，我再去寻觅童家巷旧时风景，怎么都找不到旧居了，回不了家的感觉让人惆怅。

三年前看到友人王振羽专门写了一篇童家巷的散文，追溯了它在旧时的显赫地位，它紧挨着的就是民国参政会，孙中山就是在这里宣誓就职临时大总统的，如今那个法式大楼门前虽岗哨林立，但还不时惹得路人引颈偷窥几眼，而这番风景却是几十年前那个坐在附近不远处痰盂上的儿童无法看到的，何况如今这里高楼大厦鳞次栉比，早已埋葬了昔日堂前的飞燕。

　　我始终弄不明白的是，公家为什么那时总是让我们搬家，而且是越搬越远，先是临时搬到了北京东路的公交一村，虽然上世纪九十年代后上班经常路过此地，却没有留下丝毫童年印象。倒是搬到夫子庙姚家巷的印象颇深，因为那时我已经可以脱离父母和阿姨的视线，和邻居的孩子们一起上天入地、走街串巷玩耍去了，虽然每每回家都要遭受一顿痛打，但是换来饱览街景的乐趣，简直是太划算了。

　　家门口两个石鼓，仍然是石头门框里嵌着带钉的黑漆大门，旧式老屋从外看去是一个二楼木结构的板楼，雕花的窗棂外还有一排楼梯扶手一般的护栏，让人想起民国时期"鸳鸯蝴蝶派"小说中描写的宅院风景。一出门就是方石块砌成的马路，每天早晨，倒马桶的粪箱马车踢踢踏踏敲打着路上的石头，唤醒了睡眼蒙眬的妇女，一天的市井生活开始了。

　　路边停着几辆各竖着一个细长烟筒烧沥青的油罐车，这个意象一直保存在我的脑海里，日后看到许多苏联电影和英国电影时，这种油罐车镜头一旦出现，我立马就想起了童年的一幕，那是工业文明的象征。奇怪的是我特别喜欢闻马路油的味道，大口地猛吸外，还用手去拿，结果一手黑乎乎的沥青无法洗掉，可想晚上一顿结棍的"板刀面"是少不了的。

　　在我童年的眼中，夫子庙的街景是最好玩的，除了满大街各种各样的百货店铺和酒肆饭馆外，沿街都有挑着担子的小吃，这是南京著名小吃的集散地，所谓糖芋苗粥、柴火馄饨、蒸儿糕、腊八粥……五花八门，应有尽有。可惜那时候小儿口袋里少有碎银，好在有的小贩可以用废品冲抵兑换食物，所以孩子们多半在敲麦芽糖、浇糖稀和做面人的担子前徘徊。尤其是浇糖稀的老头真神奇，你要一个什么样的东西，他都能用糖稀在铁板上七绕八绕地画出来，粘在一根细木棍上，一铲，一幅惟妙惟肖的金猴奋起千钧棒就插在草木棒子上了，惹得大家涎水直流，尽管会被大人唾骂成不卫生的下流行径，但是哪个儿童没有这种追逐野趣的逆反心理呢。当然，精神上的追求也是有的，东市西市到处都是旧书摊子，店铺早晨一开张就把摘下来的门板架在凳子上，把成捆的书籍摊在门前，任顾客阅读挑选，这是大人的去处，小儿们都是在大成殿门口的角落处寻到小人书摊，一分钱就能看两个小时，周围的叫卖声、吆喝声全不当回事，直到饥肠辘辘时，才快快离去。

大成殿对面的聚星亭在我的记忆里还是 1944 年德国女摄影师海达·莫里循镜头里的模样，它在童眸里是那样宏伟高大，当然，北面贡院的明远楼也是高大的，但那时的我焉知其历史作用。而过了那时木制的文德桥就是名闻遐迩的"红灯区"了，大人们一再叮嘱不许过桥，说那个桥坍塌过，小孩会淹死的。的确，那桥上的木板已有朽洞，看得见河面，上世纪六十年代后我胆战心惊地过桥，在桥头一家店铺买口碑极好的麻油菜包，也没敢深入夫子庙南腹地，果然，不久那文德桥就坍塌了。直到 1980 年代读到大量的书籍后，才知那河坊里藏着多少历史风流故事，于是就写了那组"秦淮八艳"系列散文。

　　现在看夫子庙很小，但在儿时觉得夫子庙好大好大。用1950年代末的"电影眼睛"去拍摄其现场：且不说一路沿街鳞次栉比的店铺人头攒动，就是大光明电影院、解放电影院就足够诱人了，何况还有当时南京排名第三的永安商场。走过夫子庙的街市，你得调动身体的全部器官去体会它不同于其他城市的妙处——那半旧不新的民国风情韵味。你的眼睛得留意既古板又现代的中西混搭的建筑风格，倘若是晚间，电影院闪烁着的霓虹灯就让你目迷五色。你的耳朵里灌满了各种各样混搭的声音，那沿途的叫卖声和吆喝声，怎么都盖不过蒋有记锅贴和六凤居葱油大饼敲锅沿的清脆声，还有那电影院喇叭里传来的歌曲声，其城市交响曲也是土洋结合的产物。这时你的嗅觉也会让你不知所措，各种油炸食品散发出来的香味是那个时代最诱人的魅力，鸭油烧饼、牛肉锅贴、葱油大饼、烹调炒菜……让你不能自已。声光电打通了你的经络，让你流连徘徊在这座古城的现代与古代的交汇处。

　　说实话，每隔十年看一次夫子庙的风景都有不同的感受。肯尼斯·克拉克在《风景入画》中说："在一个暴力和歇斯底里的时代，一个所有标准和传统都被有意识地破坏的时代，尤其是在一个丧失了对自然秩序全部信心的时代，这也许是独特的人类灵魂能够坚持它的意识的唯一可能的方式。"这样的反思，我们可以在狄更斯和菲兹杰拉德的伦敦、巴黎和纽约风景中找到答案。

2021年11月28日14时二稿于南大和园

12月9日15时三稿于南大和园

从黄瓜园到光华门

你永远永远不能忘记以一个儿童的眼光来看世界。

——亨利·马蒂斯

在勾画风景隐喻的悠久历史时，我竭力不让这些因时空不同而产生的巨大差异遭到毁灭。

观看和重新发现我们早已拥有却忽略和漠视的东西，我并不打算再次论述我们已经失去的，而是要探索那些我们可能发现的东西。

——西蒙·沙玛《风景与记忆》

躺在毛茸茸的绿色草坪上，大操场是如此宽阔无垠，一个五岁的儿童望着湛蓝的天空中飘过那棉絮般的朵朵白云，听着大喇叭里播送出来的《草原上升起不落的太阳》和《彩云追月》的乐曲，除了舒服，他不会有任何诗意的感动，只因他从那个空间狭小的城市街巷古老的旧房里搬迁出来，住进了大院，获得了自由的幸福，这个地方叫作"黄瓜园"——如今的南京艺术学院。

缘于父亲的工作调动，1957年江苏省供销合作干校在此安营扎寨，我就可以在这个偌大的空间里驰骋了，虽然那时候的大院都是竹篱笆圈起来的，但毕竟是外人不得私自入内的天地，这就让我有了足够的安全感。只要在大院里玩耍，大人也就不再限制，加之紧接着省公安学校也搬了进来，安全系数就更大了。

我清楚地记得，我们住的是一栋两层的筒子楼，房间倒是挺大，家具都是公家配的，吃饭就在食堂打，倒是不用自己开火，生活极简，很是清爽。筒子楼的侧面是一座小山，说是小山，那只是儿童眼中的巨物，不过就是一个大土丘而已。祖父经常阻遏我们上山，谎说山上有狼，其实，我们的发小就住在这山上的几间平房里，山间竹影婆娑，鸟虫齐鸣，犹似世外桃源。

童眸中的风景是什么样的呢？

带着一种猎奇的童心，我们爬上高高的土坡，透过竹篱笆去看大人们说的长江，长江没有看到，倒是看到了满天火红的晚霞中飞翔着的一群大雁，那是儿时第一次对色彩有了悸动的感觉。多年后，当我读到王勃《滕王阁序》中"落霞与孤鹜齐飞，秋水共长天一色"时，立马想到的就是在南京城西草场门附近那个种黄瓜的地方看到的这幅自然风景画。

于是，在我的童年记忆里，霞光都是红色的，红色代表着一种美丽，也象征着一种英雄气。最典型的例子就是儿童之间动物本能式的斗架行为，造就了我的一种"嗜血"的英雄本能，在械斗中，头被打破，血从额头上流下来，吓得敌手退缩了，我却一抹鲜血，继续格斗，把"挂彩"当作一种美丽的流淌。站在一旁的食堂大厨们，手拎着马勺指指点点。多少年后，其中一个一直随单位搬迁的食堂大厨师告诉我，当时他们在议论的是，这小子有种，挂彩都不松手。

让我童年最感刺激的事情就是穿着一道杠或两道杠的警察学员们用三轮摩托车带我们上街去兜风，他们当年也是二十岁左右的大孩子，但于我们这些屁孩而言，他们都是英雄，坐在英雄的车斗里风驰电掣出行，自豪感油然而生。

出了黄瓜园的大门，外面就是黄泥土路，虽然不是亭午暗阡陌的绝尘而行，灰尘也卷起一派豪情，如此豪横的风景根植在我的童年记忆中，直到永远。

那时鼓楼岗下许多地方都是菜地，南京大学也是竹篱笆围着，再到 1960 年代改用带水泥柱的铁丝网围着，直到 1970 年代后才用砖墙围起来。北京西路两旁既有民国时期达官贵人居住的花园洋房和美国大使馆旧址，又有活色生香（臭）的农田菜畦，难怪陈西滢在那篇《南京》的散文中说，"也许有人觉得乡村与城市应当划分得清楚：乡村得像乡村，城市得像城市。可是我爱南京就在它的城野不分明。"我未必同意他的观点，但是 1950 年代末的北京西路一带就是这样的特殊风景，那是都市文明与农耕文明并置在一个时空中的景观，反差极大，形成了一种罕见的都市文化特色。作为民国首都的南京，那里潜藏着的文化韵味足以让你沉思。

一个儿童在每次出行的路上，注意力集中在路边树上的鸟儿与菜畦里可直接采摘食用的果实，他看风景的眼光往往落在自然界的动植物上，即便是在课堂上开小差，也是被活物所吸引，窗外一只麻雀的叫唤都会引起他极大的兴趣，看它啄着自己身上的羽毛，看它衔着小虫子喂着窝里的小麻雀，都比老师让他们念"一群大雁往南飞，一会儿排成'人'字，一会儿排成'个'字"

有意思多了，哪怕是看几只蚂蚁在地上爬行都津津有味。从小学到中学，我都是班里的开小差大王，小学老师的教鞭时常抽打我的手背，一道道紫痕都无法让我放弃窗外的风景。中学老师严厉的呵斥，也没有让我在偷窥窗外城墙上的风景时惊觉。在我的童年和少年时代，总觉得室内的风景远没有窗外的风景更有诱惑力。

黄瓜园的童年生活很快就结束了，一年多的时间瞬间消逝，那里的风景却在我的记忆驿站中留下了深深的印痕。虽然告别了此地，却时时惦记着这个园子，那是比百草园大上百倍的童年乐园。后来那里成为省委党校，直到 1960 年代终成了南京艺术学院。"Ade"，黄瓜园！

如今的黄瓜园已然早就没有昔日的景象，城西已经变成了富贵的天堂，陈西滢笔下的半城半乡风景早就被淹没在鳞次栉比的城市水泥森林之中，历史风景线已经被埋葬在垂垂老者的记忆底片之中，新一代城市人对这些泛黄的旧时昔影会感兴趣吗？历史在这里沉思！

1958 年秋冬之交，我家又一次搬迁到光华门下面石门坎的江苏省商业干部学校，那是一所新建的专门培训各个县市商业局长和供销社主任的学校。从此，我在这里度过了二十几年，跨越了童年、少年和青年时代。

那时我已经开始有了完整的记忆，活动范围也大大地扩展了，以光华门为中轴线，西至通济门、大中桥直达夫子庙；东至高桥门；南至宁芜铁路、外秦淮河与大校场；北至中山东路与新街口。

这一带成为我这以后二十多年经常去溜达的风景。

从光华门护城河的陡坡下来，右拐向西就是空军009部队，直达通济门；正南是南京制药厂和紧邻的宁芜铁路线；左拐向东的马路两侧依次是华东冶金局的冶金机械厂、南京炮兵机关学校、南京钢铁厂遗址（后改为南京铸铁厂，与南京水泥预制厂中间隔有一条马路，一直向北就是环卫所的大粪池，再向北就是农田与护城河，隔河相望的是光华门一带的城墙）、观门口农民居住区以及一家"单干户"的农民田地、江苏省商业干部学校、南京市天堂村小学、空军牛奶厂、将军塘、海福庵小街和343工程兵学校、前方村、后方村……

出了光华门就是南京郊区了，是农田、工厂和大院交错在一起的城乡接合部，我们从小就嫌弃这些地名太土，什么石门坎、天堂村、观门口、将军塘都充满着土气，直到1990年代我给北京出版社编写《老南京》查阅有关资料时，才知道此处乃宋明两朝的繁盛之地。

光华门乃明代正南国门——正阳门，沿着这一中轴线一直向北建造皇宫是啥模样呢？你去看如今的北京故宫即可，朱棣迁都北京后所建皇宫图纸均是按此复制，至今南北两京的许多宫殿名称都相同，这是不越祖宗规制留下的遗产，尽管朱棣是窃国篡位的皇帝，这一点他还是懂的。想当年，官员们穿越午朝门两侧的各大殿，朝衣朝冠，秉笏披袍，鹭序鹓行，云合景从，如今这残垣断壁、杂草丛生处却是我们从小玩耍嬉闹的好去处，而当年谁都不知道这样的风景里所承受着的历史之重。

石门坎一带则是开国皇帝朱元璋"建寰丘于钟山之阳正阳门外"的祭祀大典之地——天坛。"明初建寰于正阳门外，钟山之阳……外周垣九里三十步。"可见天坛建筑规模之大，据说有四个门，南面就有三个门，这就是"观门口"的来历吧。其实一直沿革至今的天堂村也是"天坛村"之讹传，那是明季"金陵四十八景"之一"神乐仙都"也。想当年，观门口的亭台楼阁和周围的人工树木形成的风景线，以及鼓乐齐鸣的皇家祭祀，才是这个王朝的盛典风景。

而朱棣迁都后这里遭冷落，坊间一说是，明末天坛门倒塌，巨石柱倒下横亘在路上，成为一道拦路的坎子，因而得名石门坎。而史家却认为是明末清初天坛的地面建筑被毁，仅存石制的门坎台阶，故名石门坎。我从情感上更相信坊间的传说。

诗人朋友李森和我多次说起他的老家是南京，推测是当年朱元璋把驻扎在皇城附近的那些他不放心的军队和居民，由沐英发配到云南垦边。这些戍边的南京人恋乡情结赓续了近七百年，至今不衰，有的村寨至今的语言服饰还保留着明朝遗风，他们都认为自己是柳树湾高石坎南京居民的后裔。经一些南京明史专家考证，那应该就是当年兵马司一带从标营到石门坎方圆十里左右的居民和军人，而高门坎乃石门坎之误传也。

2020 年，石门坎一带发现了大量的墓葬群，经考古论证出宋代南京发达的经济繁荣的景象。呜呼，到老才知道这石门坎有这一段被历史尘埃埋葬的昔日辉煌。

　　整个青少年时代我就是在这个城乡接合部长大，可那时我看到的风景却是一片萧条。

　　在我的记忆里，我是看见过光华门的城门的，我的脑海里深深地印刻着那个城门的形象，它也经常出现在我的梦境中，会让我陷入一种现实与幻觉混淆的情境。但是，南京出版社社长卢海鸣先生把杨国庆、王志高所撰的《南京城墙志》翻检给我看，赫然记载的是光华门城门至通济门1450米长的城墙，是由1957年12月市人委批准拆除的，开始拆除的时间是1958年1月，显然，这与我抵达这里的时间有点出入，是不是因为城门是最后拆除的，让我的记忆底片中留下了梦中反反复复显影的城门楼的最后影像？

　　二十世纪六七十年代进城的交通工具中，只有光华门的4路车可通往建康路的终点站，况且我的初中时代天天都是从石门坎步行到光华门中学，所以，那个城门对我很重要，它是我灵魂的通衢，是我精神的驿站。尽管我在青少年时代并不知晓它是正阳门，也不知道南京保卫战中易旅长带领将士浴血抵抗日军的故事。多少年后，当我看到那张日军在千弹百孔的城门前拍摄的胜利者的照片时，心里暗自怪罪光华门中学的历史老师为什么不把这一幕民族的耻辱告诉我们。

　　我终于找到了那张梦回魂牵的光华门照片原图，那是1889年拍摄的，高大宏伟，与我记忆和梦境中是一样的，当然绝对没有什么门内瓮城的印象，唯一与照片不一样的感觉是正阳门虽面朝正南，却是阴森的。

　　光华门，这个我走过千万次的地方，从童年到中年，让我看到了这幅风景画历史年轮里不同的色彩变幻。多少年后，我才真正认识了这座山水之城当年在工业化过程中风景变化的历史涵义。

在这方圆十里路之中，许许多多林立的高大烟囱冒着滚滚的白烟和黑烟，彰显出一道工业文明挤兑农耕文明的风景线。诗人们歌咏黑白浓烟，亦如今天有人颂扬高楼林立的水泥森林一样激情澎湃。如果把《红旗歌谣》中形容农民的稻囤堆上了天的诗句"撕片白云擦擦汗，就着太阳抽口烟"移植过来，工厂检修工爬上高耸入云的烟囱"撕片白烟擦擦汗，就着火星吸口烟"，也是当年极有诗意的风景画。

明代正阳门的护城河是很宽阔的，周长三十多公里，这在我所见到的中国任何城市的护城河中是独一无二的，最宽之处可达二百米。一个疑问永远盘桓在我的脑际——那正阳门的巨大铁锁吊桥是如何放下吊起的呢？

从光华门护城河的陡坡下来，制药厂、冶金厂、钢铁厂、水泥厂的烟囱在"大跃进"的锣鼓喧天中赫然醒目，尤其是绘制在冶金厂围墙上的那幅水彩画在我的童眸里留下了深刻的印象，画面由四幅画面构成：一个人走在朝阳之中；一个人走在烈日当空之中；一个人走在落日的晚霞之中；一个人走在一轮新月和满天星斗之中。我不知道这些画是什么意思，直到"三年困难时期"过后，我在初中课本里读到"披星戴月"这个成语时，才领悟了这些画面的真实含义。

让我感到十分惊讶与好奇的是，冶金厂对面，那个建筑在陡峭的护城河岸边上的低矮阴暗的小破屋里，一个修鞋的老皮匠竟然养了一只雪白的山羊，据说是为了喝羊奶来治疗浮肿。我经常跟着祖父去修鞋，看着老皮匠那布满皱纹的苍老面庞和那双漆黑开裂的手掌，一种同情和怜悯就生长在一个孩童的心里。二十年后，当我第一眼看到罗中立油画《父亲》的时候，立马就想起了这位老皮匠的形象。1970 年代，我还见到过这个比汤姆叔叔的小屋还狭小的屋子矗立在风雨飘摇之中，不知什么时候那个小屋被这个城市吞噬了，那老皮匠的形象也就永远定格在我的童年视野里了。

再向东走几百米是钢铁厂，那是 1959 年就已经开始落寞而废弃了的工厂，却是我们童年的乐园，厂里已是杂草丛生，常见黄鼠狼穿梭于此。穿过路南，越过路边"单干户"的菜畦，在一片三角地带中有一块小小的湿地，芦苇杂草和一汪水塘构成的自然风景成为我们童年的天堂，我们在水边嬉戏，钓得整桶整桶的大龙虾当开荤的下饭菜。

更令人开心的是那条一直延伸至光华门火车站的蜿蜒曲折的小火车道，那是我们最好的玩乐逍遥处。那是钢铁厂运送铁矿石的废弃小铁路，火车头早已是飞走的黄鹤，而留下的几节车皮还恋恋不舍地躺在已经生锈的铁轨上。我随着大孩子们高唱着电影《铁道游击队》的主题歌扒火车去，一拨人推着小火车，另一拨人坐在车皮里，像苏联电影《以革命的名义》中的少年瓦夏和彼加一样，俨然摇旗呐喊的英雄。当小火车驶过那个"单干户"的菜田时，远远瞧见父女三人在田里干活，我们就齐声高呼"单干户！单干户！"，"单干好比独木桥，走一步来摇三摇"。在工业文明和农业文明的交界处，我们的童年是在向往工业文明和仇视农耕文明中度过的。苏联老大哥的榜样力量是无穷的，虽然那时中苏友谊已经发生了变化，我们这些浑不吝的小子哪里知道这些，去钢铁厂，去铁道线上，谩骂"单干户"成为我们童谣里的一道生活风景线。

我已经不清楚"单干户"是何时消失在石门坎那片土地上的，大概是我 1968 年插队到苏北宝应县后的几年间吧。当我每一次从农田里爬上来的时候，我便想起那父女三个人在农田里蠕动的身影。当改革开放从小岗村的包产到户开始，我路过这片已然被华东冶金局仓库所覆盖的消逝的"单干户"的土地时，却被一行苍凉的历史泪痕所迷离。

西蒙·沙玛在《风景与记忆》中说："将郊区庭院当作医治城市生活痛苦的良药，这一观念便是古老田园梦的遗风，虽然牧羊人和打谷者已经被杀虫剂和工业收割机取代。正是由于古老的地方总是不断地披上现代性的新装，深藏于其核心的古老神话有时便难以发现。"我却以为并非如此简单，我们在记忆的历史年轮风景画中，不是单单要撷取诗意审美的田园之梦，更重要的是在其中看到历史的经验教训，深思未来世界的风景用什么样的价值观去审视。

2022 年 2 月 15 日上午三稿完稿于南大和园

少年英雄梦

只有了解风景传统的过去，才能澄清当下、启发未来。

——西蒙·沙玛《风景与记忆》

童年时代，我们想到了乡村，认为乡村属于快乐之地，到了老年，我们重回乡村，认为它是安息之地，也许还带着些间接而不确定的快乐——每个人回顾那些地方，或者记起那些构成他年轻的享受，带他回到生命的美好阶段、美好事件时，就会感到这种快乐，那时节的世界满是新奇欢悦之事，他的周围一片欢声笑语，希望在他眼前熠熠放光。

——塞缪尔·约翰逊《寻找如画美》

我认为塞缪尔·约翰逊在《牧歌》中所描述的这种对田园牧歌的眷恋，从两三百年前的英国工业大革命时代就成为伦敦这样的大都市里的市民情结，而这样的奢侈欲望，在中国 1960 年代恰恰相反，人们向往的是城市商业中心灯红酒绿的奢靡生活风景。我们这些住在城乡接合部的少年儿童当然更喜欢"进城"，因为新街口中央商场和百货公司里有琳琅满目的商品，尤其是中央商场大门口那家包子铺，一到星期天就排着长长的队，人们就是为了买那只流着汤汁的大肉包子，何况周边还有许许多多诱人的大小饭店；夫子庙游乐场里里外外各种奇异的杂耍、相声、京剧、游戏……都令儿童神往，沿街的饭店和各种各样的吃食地摊让孩子们的涎水长流不息。在那个缺少娱乐和食物的时代里，童眸中透出的却是对城市精神与物质享受的强烈欲望，我像《卖火柴的小女孩》里的孩子那样羡慕住在城市中心的儿童，觉得他们住在天堂里，每天享受着童话般的幸福生活。几年以后，当我亲眼看到那些生活在城市中心普通市民的清贫生活的时候，我惊讶我的同龄人身居闹市而能够克服种种诱惑的坚强毅力。城市风景线淹没了无数少年儿童追求幸福的欲望，而住在城市边缘郊区的风景就大不一样了。

1960年代，出了光华门，就没有公共汽车了，只有三轮车在等待接驳，那个年代坐三轮车的人甚少，除了老弱病残者，都是徒步而行。其实，到我们大院的石门坎也就两站地，倘若闲逛在路边全是商店的城里并不觉得远，但是，行进在荒郊野外的石子路上，尤其是在没有路灯的肃杀夜空下、霜风雪雨中，对于一个儿童来说，那似乎是一个漫长的距离，更别说那些住在海福庵工程兵学校的同学了，足足四五站的路程，在年幼的我看来，那是一个"遥远的地方"。1960年代有自行车的家庭十分罕见，比现在拥有私家汽车的要少百倍，好在公家有自行车，从小在大院里用公家自行车学车，自然成为儿童游乐的一道风景线：屁股够不着车坐垫，便是一水的"掏螃蟹"式骑法，竟也敢上路风驰电掣去了。

1950年代末，省商干校刚刚建成不久，所有建筑还是仿苏式的，穿过办公大楼和学员宿舍楼，再走过一个篮球场，就到了依旧是竹篱笆围成的三层家属楼。这个楼分东楼和西楼两个单元门，那时点房很随便，我家选了二楼一个门是对开两扇大门的户型，打开大门，便是一字型的走廊，没有客厅，东西两间卧室与中间的厕所、厨房一字排开。这样的设计极不合理，厕所和厨房都是狭长的火车车厢式的，当然厨房更宽敞一些，如果把它们的门墙往后挪个两米，门厅就变成了一个客厅，厕所、厨房那么大有何用呢？父母的考虑是房屋朝南采光好。南京不像北方，冬天没有暖气，室内极寒，洗完脸的毛巾挂起来，一会儿就冻成了冰巾，这样的风景北方人是绝对无法忍受的。好在房间地面不像黄瓜园是水门汀（水泥）的，全是宽条地板铺成，所以，冬天的斜阳照在屋子里，的确是暖洋洋的，让我马上想起了那时学校教唱的歌曲《美丽的哈瓦那》中的歌词："明媚的阳光照新屋，门前开红花。"但是，夏天就遭罪了，南北不通风，只有门窗大开，才能享受穿风抗热的待遇，然而，私密性就大大递减了。最致命的是，我的父母没有想到三个孩子会逐渐长大，房间就不够用了，后悔没有要隔壁那套三室户型的，虽然一间房间朝西南，两间房间朝北，厕所厨房都是朝西的，但是毕竟多一间小房间。

当然，东楼那个单元的风景就不同了，"有钱难买东南角"，最东头一至三楼都是"高干"所住（那时行政十三级以上才算是高干），由一个副厅长和两个校长享用，户型是三室一厅一厨一卫。我第一次随母亲串门时，看见这么大的客厅，很是惊讶。后来去工程兵学校同学家里也是一样，校长住的是校区内警卫森严的小洋楼，尤其是少将军衔的校长更是豪华的独栋，团营级干部住在校区对面没有警卫的家属区，是那种日式的联排房，起名为"家属队"。房屋作为风景画的一个重要的组成部分，既是自然风景，也是一种人文风景。

记得我们刚刚搬进家门，看见铮亮的红漆地板很是兴奋，满地打滚。从窗口向南眺望，一幅让人兴奋不已的风景画映入了我的童眸之中，成为我永远不会忘却的历史定格影像。

几百米外就是宁芜铁路，每天路过的班次虽然不是很多，然而，当一列列绿皮火车和一列列长长的货车隆隆地从眼皮底下呼啸而过，火车的长鸣划破了郊区的寂静，那种噪声却是我们童年最好的交响乐，我们兴奋地数着一趟趟火车的节数，最多一次竟数到四五十节。看着冒着黑烟喘着粗气的火车头，感受到了工业文明的时代快感，却没有丝毫现如今的嫌弃厌恶的环保情结。有时候我们还能看到调防的军车，除了从打开车门的"闷罐子"车厢里看见全副武装的军人外，那些黑皮裸体车厢上的大炮或是坦克，更让我们惊喜万分。

在那个"不爱红装爱武装"的时代，最能激发孩子们兴奋点的风景就是雄赳赳的军事风景，尤其是军列正步走的表演伴随着《八路军进行曲》，特别能够让男孩热血沸腾。在这个紧邻城市的郊区，我们看到了城里人无法看到的军事风景线，不仅从铁道线上看到了，还能在部队家属子弟同学的带领下爬铁丝网进入部队演练场，去看1960年代军事大比武的训练，到打靶场远远地看实弹演习，部队一撤，我们便一哄而上去捡拾发烫的子弹壳，拿回家做成各种各样的枪械玩具。

让我难以忘却的是，我的童年时代竟也在这个城市的边缘看到了骑兵部队。那一年的一个黄昏时分，一支鲜见的骑兵部队进驻了天堂村小学，还在教室的黑板上留下了感人肺腑、催人奋进的箴言。我们看到一匹匹"大洋马"在操场上嘶鸣，头戴风沙防护镜、脚蹬马靴的骑兵战士卸下马鞍，用毛刷梳理着马匹的全身，夕阳下，人和马的高光镜头就永远定格在我记忆的底片中。多少年后，当我看到电影《静静的顿河》里哥萨克骑兵冲锋陷阵的壮丽风景，便又想起了那幅夕阳下的风景画面，而且，对那般浪漫的风景产生出了一种异样的感觉。

站在我家的窗口，视线越过铁路，再向前眺望，竟然清晰地看见了外秦淮河中点点白帆在慢慢地漂移，从那时候开始，这幅风景画也深深地印刻我的脑海里，隐隐觉得它和我的名字相连。耳畔响起的是那时的流行歌曲《我的祖国》，歌词中的一句"看惯了船上的白帆"让我毕生一听到这个词曲就热血沸腾，那是一种儿童解释不清的莫名感觉，后来在课堂上听老师解析"帆"字的字义和诗意时，才知道诗歌意象的组合早已滞留在我童眸之中。然而，多少年后，在苏北宝应乡间那个寒风穿墙凛冽的小屋里，听着父亲诉说用"帆"字给我起名字的来历时，我才知晓那段与我家庭命运休戚相关的历史，虽然有些悲怆，却也还保留了一种悲剧之美，所以，我仍然感谢父亲送了我这个原非诗意却依然诗意的名字。

那时的商干校有大几十亩地，虽然不及海福庵的工程兵学校一半大，却也是可供儿童玩耍的广阔天地了，那是在城市里的孩子们绝对看不到的郊区风景画。北起如今的光华路，南至宁芜铁路边，东起天堂村小学，西接观门口的炮兵机关学校，中间隔着那块三角湿地，就是前文所描写的"单干户"自留田，原本那块地也是划归商干校的，而 1970 年代后"单干户"消失了，那里就变成了省冶金局的仓库。即便如此，商干校大院也是一个有水有田、半是桃园半是学校的属地。

这还真就是陈西滢说的南京是一个"半城半乡"城市的缩影，苏式的建筑和苏式的教育，透着社会主义"现代性"的元素，而前后左右却被农耕文明的风景所包围，浸淫着中国传统文化的气息。至今能回忆起两个校长对这块土地不同的构想蓝图，那不正是两种理念掉进同一个文化陷阱里的争吵吗？一个出生于江西的老红军是要利用土地播种粮食，解决食不果腹的生存危机问题，民以食为天，唯此为大；一个是要美化校园，让它成为世外桃源式的官员读书之处。这就形成了一种奇特的风景构图：一进大门，以办公大楼为中轴线地标，右边是一片寂静的土地，随着年份季节的变换，一会儿变成玉米地，一会儿变成山芋田，在那片土地上，给少年时代的我留下印象最深的是，当一只野兔出现在农田里时，办公大楼里的工作人员和我们一起追逐野兔的情景；而左边却是一片桃树林和玫瑰花地，那是"桃花盛开的地方"，也是我们偷摘仙桃的儿童乐园，那也是玫瑰花绽放的地方，亦为我们采摘玫瑰花回家用糖腌制后做汤圆馅的前花园。桃花园和玫瑰花园东面就是莲藕池塘，菡萏盛开的时节，那是一抹古典夕阳的风景画，当然亦是我们偷采菱藕的极乐去处。

　　绕过办公大楼，左边的大操场在 1960 年代是一片山芋田，过了饥荒年代就变成了一片大草坪，成了我们少年时代学摔跤、翻跟头、放风筝的好去处。

　　穿过大礼堂兼大食堂，南面就是地地道道的农业风景区了。家属楼的正南前方是一个饲养场，几排猪圈还是城墙砖砌成的，可以推断，这一定是 1957 年南京市人大委员会做出撤除通济门至光华门城墙决定后运回来的，无疑，商干校也参与了撤墙运动。养猪场是省商业厅的养猪试验场，猪圈门都是老粗的钢筋制成的，因为养的都是苏联送来的约克夏大白猪，小时候以为就是苏联品种，到了中年才知道那是英国种。那猪长得巨大，最大的一头超过千斤，白面獠牙的它竟然将铁焊的钢筋咬断，逃将出来，我们欢呼雀跃着，跟着食堂里的工人们看他们围追大白猪，一个多小时下来，人畜都精疲力竭了，大家都喘着粗气。于是，人们呼来那个壮如牛的食堂大师傅和两个精壮的小伙子，果然，那头巨猪一见到屠夫立马就尿了几分，只见屠夫口衔一根近一米的麻绳，和一个小伙子各抓住大白猪的一只后蹄，一声怒吼"起"，大白猪就被翻倒在地，几个小伙子扑上前去，紧紧按住大白猪的前身，那屠夫立马用麻绳捆住了后腿，再用麻绳捆绑住了前腿。猪在吼，人在笑，我们在嗷嗷地叫，四个壮小伙抬着大白猪的场景，就刻在了这蓝天白云下，让我当时就想到了小人书上猎户们抬着吊睛白额大虫簇拥着英雄武松归来的情形，少年英雄梦是那个时代的"标梦"还是"梦标"呢？

　　无论如何，童年到少年的每日风景从此开始。

院内有三个水塘，其实，算上墙外那个三角湿地里的水塘，应该是四个水塘，均盛产鱼虾，更是龙虾如蚁、黄鳝如鲫的地方。进校门不远的左侧就有一个正方形的鱼塘，水很深，里面有鲫鱼、青鱼、鲤鱼和鳖鱼，当然黄鳝也是少不了的。我们不敢在这里游泳，因为这个水塘就在办公大楼眼皮下，大人们朝北窗口一望，便可看见谁家的孩子在这里干什么。所以，我们只敢和理发室的刁师傅学着在这里钓鱼，我生平第一次渔获，就是在这里钓起了一只两三斤的老鳖，吓得我拖住老鳖奔进了山芋地里。夏天，我们常常赤着脚坐在水塘南面唯一的水码头上戏水，我不知道这样的童趣场景是不是那个时代可以入诗的风景画，因为那时我们不知何为苦难，何为幸福，只知道追逐童年本能的快乐。几十年后，当我看到印象派大师雷诺阿那幅风景画《坐在水边的少女》时，立刻就想到了这个无主题镜头，大师的名作构图似乎刻意得有点造作，而我们当年在水边却没有丝毫不纯的动机和念头。当然，当我十六岁就结束少年时代，作为一个成人独立生活在农村时，乡间水码头上的许许多多风景画都在诉说着一段段凄美动人的故事。不过，那已然是我告别南京风景后，真正进入"乡村风景"范畴的历史故事了，那将是另一个系列的风景故事了，也就是说，我的南京风景的空窗期长达十几年之久。

办公大楼左面那个与天堂村小学接壤的狭长水塘曾经是藕塘，我眼见过那个苏北水乡宝应籍的食堂大师傅穿着皮衩下河踩藕的动人场景，与后来读到的"红藕香残玉簟秋""误入藕花深处"

"泥莲刚倩藕丝萦"的意境完全不同，醉藕之意不在花，而是那一节节可以即食的白嫩藕节，更是那穿皮衩踩藕者娴熟的取藕技巧——让一个懵懂的少年佩服之至，一束束带着牙尖的三节白藕，像变魔术一样漂浮在他的身边，这样的风景让人垂涎欲滴。孰料，十年后我却去了他那盛产莲藕的家乡插队，在风雨飘零的寒夜里读到李清照和纳兰性德的诗词，便才有了对此番风景别样的回味。

后来这里挖成了鱼塘，养了许多白鲢和灰鲢，年前起鱼，分给各家各户，权当年货。那是一个缺少食物的时代，尤其是在每一个城市居民月供定量为二两猪肉，嗜肉如命的饥荒年里，吃到少油却腥的鲢鱼肉也算是一种奢侈的享受了，尽管南京人对有土腥味的大鲢头多有鄙夷。

饲养场有一个通往外界的两扇内芯为芦席编织的木框大门，门外是商干校没有围墙的一大片土地，也许是 1959 年后国内资金吃紧，造围墙的钱也没批下来，于是这里的农田就与公路边的水渠和铁道相连。临铁路边的那个长方形的水塘颇大，还拖出一个长长的尾巴延伸到那个狭长的水渠中，在水塘和水渠交界处，密密的水草里埋伏着大量的黑鱼（南京人称作乌鱼）。剃头师傅常常在那里打窝子钓黑鱼，说这个鱼是下奶的，钓到了鱼，再在夫子庙菜场卖了渔获补贴家用。他家住在夫子庙的钓鱼巷，他姓刁，我们给他起的外号叫"老钓"，正好是谐音。大人们喊他"小刁"，我们叫他"老钓"，他的麻脸上露出了微笑，一声"你们这些小老爹啊"，算是认你是忘年朋友了。那些没大没小的日子真好。

水塘里面有鳊、白、鲤、鲫各品种的野生鱼，当然也有甲鱼。

我钓起的第一条正儿八经的鱼，是一尾半斤重的鲫鱼，黑色的脊背和长长的尾鳍，让我的小手难以掌握，于是就用绳子穿过鱼鳃，拎起来飞奔回家报喜去也。

其实，在这里，钓鱼并不是最刺激的寻欢作乐的项目，第一次偷偷下河洗澡才是最激情的游戏。"老钓"带头光着屁股下了河，高声蛊惑我们下河，说塘边水不深，于是我们羞羞答答地穿着裤头下了河。看着老钓的"狗刨式"，我们既羡慕他会水，又嘲笑他土得掉渣的泳姿，因为那时我们看了电影《水上春秋》里各种优美的泳姿，尤其是快速的自由式泳姿，令人神往。我们在河里撒欢，渐渐胆子大了起来，爬上岸边那棵斜插在河里的杨柳树，一跃入水，显出英雄本色。看着东去西来绿皮火车上的男男女女、老老少少的旅客，我们调皮地打着"kiss"，却不知道是什么意思。

下河的消息很快传到了各个家长的耳中，无疑，那天晚上家属楼里传出了一阵阵鬼哭狼嚎的动静。而真正获得自由游泳权利还是几年后的 1966 年，伟大领袖"到大江大海中去游泳，到大风大浪中去锻炼"的最高指示在报纸和广播中一经传播，谁家大人还敢说什么呢？于是那护城河就成为我们日日做功课之地，反正已经停课闹革命了，有的是时间。

在那一片土地上让我最心生奇异的事情，就是饲养场里那位每日牵着牛在田里耕耘的老红军。说他是职工，他却享受着十八级科长级别的待遇，干的则是耕田耙地、饲养许多种猪的苦作。不论刮风下雨，我们都能看见一个上身穿着共和国授勋的将校呢军装，下身却穿着短裤，皮肤黢黑，镶了两颗金色大门牙的陕北黑汉子，面目极像后来电视剧《水浒传》里的李逵。只要放学抄近路从后门进大院，就能远远地听到他在耕作时嘶吼出来的土味十足的高亢的"信天游"，那时我们班上排练《十送红军》歌曲，也是叫"信天游"，却没有如此难听。多年后，当我们听到真正原始的"信天游"时，回想起他嘶吼的调子，才知其中奥妙。那是散落在南京城市边缘地带的陕北民歌，是农耕文明在这个城市里的最后回声，只是当时已惘然。这是遗落在我童年记忆里的又一幅抹不去的风景画。

2022 年 4 月 12 日 19:30 写于南大和园

进 城

　　凭借对城市与乡村之间巨大反差的强调，将乡村作为都市生活中典型的迷失和破碎的伤害的对立面。通过这样的极化策略，土地被建构成风景。

——马尔科姆·安德鲁斯《风景与西方艺术》

　　18世纪的作家也是复兴了一种早期的自我赋值的文学，如阿尔卑斯山民曾被描写成具有"简朴的健壮和自然的美德"的人物，并进一步被塑造成"大自然的原始民主主义者"。与连贯的过去这一意象冲突的是毁灭的机制：农业、商业和工业领域的巨大变化急剧地改变了人与地方。

　　到了18世纪末期，风景是"自然的书写，人置身其中最大程度地体验自己在此地此时，而且成为……转向主观时间意识的一个关键概念"。

——温迪·J.达比《风景与认同》

　　是的，当作家们提起笔来书写风景的时候，往往是带着一己的观念进入创作的，浪漫主义的湖畔诗人华兹华斯们对工业文明的诅咒，影响了许许多多的作家和艺术家对风景画的描写；梭罗的反抗行为是远离城市喧嚣，他划着小船穿行在原始的湿地中，躲进瓦尔登湖畔的小屋里过着离群索居的孤独生活；而伍尔夫却身在工业文明产物的大都市——伦敦的风景中，以批判的严词抨击"伦敦风景"的堕落。

其实，在两次踏入瓦尔登湖时，我就在思考这个人类悖论的命题了：当你攀登至拉斯维加斯大峡谷顶峰，呼吸到任何都市都无法享受到的负离子含量极高的空气时；当你看到因火山岩熔喷发而形成的大片黑焦木森林奇观时；当你行走在波斯顿卫斯理女子学院慰冰湖畔，看见湖边倒伏的千年枯树还静静地斜躺在那里，黑天鹅自由自在地在此游弋，与对岸那幢白色的建筑物遥遥相望形成的巨大文明落差——原始形态风景与现代形态的人造风景所构成的鲜明美学反差——在不同的人群中折射出的美学印象有时是截然不同的风景观时，于是，我顿悟了，回顾自己一生经历的南京风景，其自然风景和人文风景所蕴含的美学观念往往呈现出的是一种悖反状态：人在风景中，风景在人中，两者的互动是在不断移情和角色转换中获得充满着矛盾的审美愉悦和悲情的。

其实，我们这一代人是中国"四叠纪"风景的见证者，即，在一个地方同时能够见到原始自然风景、农耕文明风景、工业文明风景和现代文明风景交叠变迁的过程。这缘于我们生活和生长在郊区，也算是大自然和历史发展赐予我们的审美馈赠。这是住在水泥森林里的城市人所看不见的风景线，这样的情景如今仍然在我居住的仙林地区的丘陵湖泊环境中呈现。每天清晨，我穿梭行走在一面是现代化设施的楼宇，一面是湖区山峦以及原始生态的灌木丛中，极大的文明落差和反差，让我沉浸在历史与现实、寂静与喧嚣交替出现的时空之中，由此才想到了为什么人类在极度文明中会去追寻原始生活的足迹——与美国大都会形成鲜明对照的是像黄石国家公园那样巨大辽阔的自然原始生态的保护区，充分体现出了人类亲近大自然的渴望，阻止现代文明对她的破坏。一百五十年过去了，美国人建造黄石公园的人文历史先声久久回荡在世界各个城市的上空，虽然尚有许多人还处于蒙昧无知的状态。

　　翻阅半个多世纪前的南京风景版图，那时的光华门外、通济门外、太平门外、中华门外、水西门外……皆是荒凉的郊区，你既可以看到并不整齐的菜畦农田，又能在延绵起伏的丘陵山峦和湖泊中见到原始形态的植被与野生动物。这么说吧，自从大明皇朝在此建都以来，以圈起的三十几公里长的城墙为界，墙外都是原始生态和农耕生态风景的聚合体，即便城墙里的人每天看到的都是朱楼笙箫与菜畦大粪并置的农耕文明城市风景，但那里毕竟是繁华的都市所在。皇宫代表着封建社会城池建筑的最高繁盛，尽管喝了几年洋墨水的陈西滢 1930 年代来南京时还深深感到它依然是一个半城半乡的城郭，却也无法抹去这个城市昔日的辉煌。朱皇帝在南京城墙开了十三个门洞，小时候经常唱的童谣就是："城门城门几丈高，三十六丈高，骑花马，带把刀，走你家城门操一操。"听到的传说则是朱洪武出殡：门门出棺材。言外之意就是，出了城门那就是荒郊野岭的墓地，门洞就是城里城外的分界线，所以，直到上中学的时候，我才意识到那些住在城墙内的同学是城里人，我们住在城墙外的同学，便是乡下人，于是，我们就有了"乡愁"：乡愁是一条河和一堵墙，他们在里头，我们在外头。

虽然都是南京市户口，隔阂还是有的，皇城根里与根外，阶层的心理就是不一样。这样的感觉直到 1990 年代在北京"打的"时还有，那些皇城根里的出租车司机们天然的优越感着着实实地给我上了一课，那种文化俯视的心理既让我难过，又让我自卑，好在我读到了梭罗的文字，懂得了亲近大自然，不做城市的奴隶的道理，便在阿 Q 的"精神胜利法"的掩护下，解脱了进城当个城里人的精神羁绊。城外的人看到的风景是多样性的，它更宜于儿童亲近自然的成长。

随着年龄的增长，我的活动半径越来越大了，十岁左右就穿梭于整个南京市的城东南。

出了大院，一直向东，我们进入的是大片的菜地，郊区农田不是用来种粮食的，而是种植一季又一季的蔬菜供应着皇城里的消费者，历朝历代皆如此。我们偶尔可以看到将军塘周边没有经过开垦的湿地里长满了芦苇和野蒿草，游弋飞腾起来的野鸡野鸭往往被背着老套铳子的猎人盯上。1960 年代初，我们对这片原始荒凉的土地抱有一种恐惧的心理，传说紫金山上的狼都下到了中山门，孩子们去挖野荠菜、采野菱瓜都是成群结队而行。但是，那时将军塘里的野生大鲫鱼却十分好钓，用细竹竿绑上鱼线鱼钩，穿上红蚯蚓，用麦麸打个窝子，即可拎上半斤以上的鲫鱼或几斤重的大鲤鱼。当然，更大规模的渔情还是发生在宽阔的护城河里，饥荒年代迫使人们拿起了钓竿，渔获成为家庭经济补偿的一种渠道。

在护城河看钓鱼满足的是看客们羡慕、嫉妒、恨……各个层次丰富的心理需求。站在高高的河岸上，俯视钓鱼人在陡坡河畔下垂钓，也是闲时闲人的一种乐趣，那样的场面一直延续了几十年，直到护城河的鱼几近钓尽。那时，钓上来的鱼都是野生的大鱼，钓鱼人放长线钓大鱼的风景，不仅让垂钓者激动无比，也能让岸上看风景的人兴奋几天。眼见着钓者与鱼搏斗的场面，人群的情绪在不断变化，时而号叫，时而静默，时而叹息，时而欢呼，节奏感极强。渔人随着鱼的挣扎，放线、拉线、拎头、呛水，周而复始，一个小时后，当精疲力竭的渔人将精疲力竭的大鲤鱼拖至岸边时，人群沸腾了。这风景也变成了一幅永恒定格的画面。

当然，"进城"一词是当地郊区农民的口头禅，这既是自我身份的卑贱定位，又是一种对城市生活的向往。据我对南京方言的细致考察，有一个词是我从年代历史生活中悟出来的真谛，那就是对"上馆子"和"下馆子"的区分使用，是城乡群分的语汇词。"下馆子"是城里的市民去饭店吃饭的称谓，足见城里人的气派，虽然"下馆子"也是市民鲜见之事，但说话的口气也真的不一样，那样的底气和当时流行的电影《小兵张嘎》里胖翻译的经典台词有一拼，胖翻译说的是："老子在城里吃馆子也不问价。"如果说"吃馆子"是中性的平视之词，"下馆子"则是有对馆子俯视的意思了。而城外的农民进城去饕餮一次，那除非是有了大事情要办，比如结婚大事，进城弄几桌就算顶破天了，一声"上馆子"如石破天惊，自卑中透着迸发出来的豪横之气，却也充满着仰视的意味。几十口家族成员浩浩荡荡地开进城里的饭店，那是一幅什么样的风景呢。在 1960 年代初，这样豪横的词语逐渐多了起来，只因那时一切粮油食物都是凭票供应的，而当时郊区农民握有部分自产自销权，可以从中获得丰厚的利润。所以他们能够豪迈地喊出："七级工八级工，不抵老汉一担葱。"进城！上馆子！可以是常态的。那时在凭票供应外，市面上还流通一种叫作"高级饼""高级糖"的食品，均无需粮票和供应券，当然，还有高级饭店里的各种美味佳肴，只要有钱即可享用，但那是高于市场价格很多倍的食品，一般来说，进这样的饭店，除了"高级干部"（还不能是家累重的工农出身的"高干"），就是有外汇券的华侨，再就是那时南京郊区的菜农，虽然他们的衣着土气，甚至打着补丁，一口土得掉渣的老南京方言，但是饭馆里的服务员看见他们都得笑脸相迎。这是那个时代一道特殊的风景。

我们这些住在大院里的孩子有海外关系者甚少，即使有，谁家也不敢说，避之不及，而鲜有两三个"高干"，也都是工农干部出身，家累颇重，孩子多，穷亲戚多，进城"上馆子"也是难于上青天。二十年前看电视剧《激情燃烧的岁月》，那个军队老首长家乡的穷亲戚进城去他家吃喝拉撒的情形，立马就让我想起了当年大院里那个老红军校长的家境，好在大院食堂伙食部分弥补了各家各户饭桌上的窘迫。当然，各家各户会以不同的理由，偶尔悄悄地进城"上馆子"。

虽然我们并不像郊区农民那样阔绰地进城"挥霍"，也没有军队大院里的"特供"，却也会在星期天由爷爷带领，去建康路或新街口洗澡、购物，而后"饕餮"一顿，其实无非就是永和园的小笼包子和同庆楼的水饺之类的小吃而已，但在缺食少油的饥荒年代，这也算是一种幸福生活了。

走到光华门，坐4路公共汽车，在建康路总站下车，从夫子庙的东入口一路逛街，目的地无非是建康池、三新池或大明湖浴室。

下得车来，再看夫子庙，就再也不是童年时代住在姚家巷时的情形了。首先，映入眼帘的是建康路邮局，是一栋西式建筑，拾级而上的陡坡石条踏步被磨得铮亮，台阶下，小方石条拼就的马路旁边，时常坐着一两个戴着老花镜的长者，面前摆放着可以折叠的一桌两凳，前面竖着一个幌子，上书"代写书信"，让人想起旧时代的街景来。少年时代每每遇上取款、邮寄包裹和拍电报的事情，我都会来到这个历史悠久的邮电局，以前我一直以为这是南京最早的邮电局，后来才知道中山陵里的那个小邮局才是中国之最先，可是谁又知道那个历史的摆设呢？殊不知这个一百多年来对于每一个南京人来说都生活影响极大、利用率极高的建康路邮电局，才是南京现代通信的精神地标。

沿建康路大马路向西，在夫子庙的南入口前，一个警察岗亭在风雨中伫立飘摇了几十年，那是我童年和少年时代的一个庄严的地标，经常看见戴着大盖帽和白手套的交警在此处进行交接班。当时的交警是站在一个三岔路口的圆台上指挥交通的，他们的脖子上挂着一个哨子，边吹哨子边指挥，路人看他们就像看北京天安门升旗的仪仗队一样新鲜。记得有一次祖父租了一辆小包车，为的是满足我们坐小汽车的好奇和欲望。那是一辆民国时期的旧轿车，司机也戴着白手套，似乎也很庄严，路过建康路三岔路口时，他把前车窗中央那个示意需要转弯的红蓝箭头拨成横着的一字型，只见那交警用双臂做了一个九十度的人体造型，一声哨响，汽车便转弯绝尘而去。

从建康路到三山街也就一站地，建康池在路北面，但路北绝没有路南繁盛，商店都集中在路南，烟酒店、糖果店、茶叶店、日杂店、布料店和张小泉刀剪店……当然最著名的是复兴酒家（1970 年代改为江苏酒家），全国连锁的盛锡福鞋帽店也在马路边。这里是南京繁华的商业区，步行到大行宫和新街口也就两三站地，可谓"一日看尽长安花"。这里是南京自民国时期到 1980 年代人口流动最大的商业风景区，至于如今是否还是人流最密集的地区，我就不得而知了，因为近三十年我很少去那里，据说每年的灯节一天就有几十万人流量，那是因为南京上灯的风俗造就了那繁华的古典夜间风景画。

我曾经细致描绘过南京澡堂子里的风景画和风俗画。作为南京风景的历史版图，如果缺少这一景，就显得寡淡多了。前文所述的三个浴池皆为南京的老字号，我们去得最多的还是三新池和建康池，浴池门口的小吃摊卖的是花生米和各种各样的瓜子，当然还有冰糖球和炸白果、青橄榄之类的吃食，其中最受欢迎的是老少咸宜的花生米，有些长者自带了小瓶装的烧酒，用它下酒；

小儿吃着喷香的花生米，不像嗑瓜子那样费事。花生米有两种：一种是椒盐的，一种是红色的上糖玫瑰花生米。甜咸随意。老澡堂脱了衣裤是需服务员用杈子叉上房顶下那一排挂钩上面去的，一来是节省空间，二来也是安全起见。

进入浴池，那就是另一番风景了，推开那扇被水汽长年浸泡的弹簧拉门，迎面扑过来的是一团浓浓的雾气，影影绰绰的白花花的肉体摩肩接踵，一股说不出来的老澡堂百年水垢的特别气息包围着你，有点让人窒息，让你永世难忘。好不容易挤到水池边，慢慢将双脚伸入水里，俟逐渐适应水温后才可让身体入水，那池里的水是乳白色的——那是由多少人皮肤上的角质层的污垢和肥皂余沫才能熏染成的结晶水啊。外池中用两块沉重的大木板间隔成三个区域，最里面的是烧锅池，上面铺着栅栏门格式的木框，那是供老浴客享受的福地，其功能就像现在的芬兰浴汗蒸，只见那老浴客突然吼出了京剧《空城计》中的唱词："我正在城楼观山景，耳听得城外乱纷纷……"声音高亢有力，却变得愈来愈细弱，俄顷，便转成了淋漓尽致的大鼾，或许他是个酒后入浴者吧，但那鼾声成就的是老澡堂风景中的一个不可或缺的画外音。

这样的沐浴当然是被现在的浴者不齿的，太不卫生了，但这恰恰就是老澡堂文化的精华所在，其歪理就是沐浴须得用熟水浸泡，众采千人污垢之"养分"，名曰补阴阳之气也。其实，谁都知道这理是蛮横的，却仍把它当作一种沐浴必不可少的传统形式。当然，弥补卫生水平不足的措施也是不可少的，浴池外有一间出入的门厅，那里有一个不断添加热水的蓄水池，旁边放着七八个单柄的小木桶，泡完澡的人用它来冲洗身体，以完成洗浴的最后仪式。老浴客还有一道必不可少的戏码，那就是搓背，一层老垢褪下，犹如脱胎换骨一样，让浴客立马有了成为新人的感觉，尤其是搓背师傅搓完背后，用空掌心将浴客全身上下拍打一遍的习俗让人震撼，那声音响彻屋穹，可谓澡堂里不可或缺的拉德斯基进行曲。

浴室风景的后半部呈现在澡堂休憩大厅里。服务员一声吆喝，你就可以接住他抛过来的热腾腾的毛巾把子，很有仪式感，当然，他也会热情地用热毛巾帮你擦拭脊背。以下程序则是一个老浴客独有的人生享受：大厅里的浴客有的在酣睡，有的在聊天，有的在看书，更有甚者在就着花生米小酌；最惬意者当属修脚的浴客，全套修、刮、捏之后，修脚师傅会帮你全身按摩揉捏一番，也算是一种馈赠吧，因为那时没有按摩这个项目。

你可自带茶叶，也可买澡堂里的茶叶，泡上一杯清淡的绿茶或是酽酽的红茶，在似睡非睡的啜饮中闭目养神。说实话，在那个没有什么娱乐活动的时代里，澡堂是一个消磨时光的好去处，就像那时的青少年最大的快乐就是进电影院看电影一样，这是一项容易上瘾的娱乐，所以，赖在澡堂里的浴客大有人在，时间一长，服务员就会用各种各样的提示语驱客，礼貌的行为就是催醒浴客，不断递毛巾把子给你，暗示你得离开了；隐晦一点的是拖着长长的尾音喊一声"又来一位！"，明确一点的是"时间不早咯！"，更不客气的是"前客让后客咯！"。当然，如果你暗地里塞给服务员一点小费，他会加倍地伺候，其热情度会让你充满了歉意，譬如他会问你饿不饿，如果你愿意，他就会帮你去对过的面馆给你端来热腾腾的浇头面条、馄饨、小笼包子之类的小吃。虽然那个时代早已废除了小费制度，然而有钱能使鬼推磨的法则还是起效应的。

如今这种众生同浴的风景早已消逝了，那种数九寒天进澡堂的幸福感早已被家庭浴室的便携所覆盖，老澡堂的风景线只留在历史年轮的底片中，不再显影了。

2022 年 5 月 10 日 9:40 于南大和园

老克拉的贵族气

城市作为一个被人类过度使用并且完全由人工品构成的场所，替代了一个几乎没有人烟和全无人工品的空间。最重要的是，也许，在这幅纽约的画面中，正是这种拥堵给我们留下了深刻的印象。

——马尔科姆·安德鲁斯《风景与西方艺术》

正如现代城市的定义所言，设计一座现代的城市，是以它别样的风采吸引游客的目光。在那时，居住建筑和史无前例的城市设施取代了过去宏伟的宫殿和教堂。无论对巴黎的居民还是前来的游客，城市体验都得到了重塑。

现代的城市面向未来，而非过去：速度和变化成为城市的代名词。

——若昂·德让《巴黎：现代城市的发明》

一个城市的街景是以商业程度的繁盛与否来衡量的，无疑，老南京的街市既不像十里洋场的大上海那样充满着西方风情，也不像老北京那样充满着中国传统文化的元素。大约是做过民国时期的首都吧，土洋结合的风景散落在城市的街景中，且不说北京西路一带鳞次栉比的小洋楼与菜畦混搭在一起的街景形成的极大落差，更不必说民国时期遗落下来的欧式建筑风格的下关大马路一带的西洋景与贫民窟交相辉映的风景线了，从 1950 年代到 1980 年代，我看到的南京商业街景也呈现出很大的反差。

从成长的视角来看夫子庙，在十岁以后略通世事的我眼里，那里再也不是我小时候被圈在姚家巷一箭之地看到的夫子庙风景了。但除了每年过年和上灯时节经常去那里买鞭炮玩具之类的东西外，便是奔着吃食去，此外唯一的奢侈消费，就是随祖父去永安商场买衣物了。夫子庙一带，除了我在前文中描述的那个邮电局是洋建筑外，地标性的商业大楼则是 1940 年由鸿记营造厂老板陆新根建造，在 1943 年建成开业的永安百货商场。我小时候看到的永安商场已经是公私合营的百货商场了，虽比不上新街口的百货公司和中央商场气派，却也是城南最大的商场。商场对面的解放电影院和与之相距不远的明星电影院，都是少年儿童精神娱乐的好去处。江南贡院并非是吾等所爱，那时最想去的是斜对面的那家在 1901 年由"雪园茶馆"演变而来的"永和园"茶社。当年我并不知道祖父为什么会选择这样的茶餐厅，后来才悟出了其中奥秘——作为北方人，主食当然是面食，洗完澡后去吃一顿饭是理所当然的，于是，只有两个选择，首选"永和园"，次选"同庆楼"，因为"同庆楼"在新街口，还得坐车，所以很少去。"永和园"的小笼包子，"同庆楼"的水饺——我们不是像南方人那样去吃奢侈的菜肴，而是像北方人那样去吃面食，所以，拿小吃点心当主食饕餮就会呈现出与其他食客不一样的景观——我们面前摞得老高的小笼屉子真是惊到了精细的南方食客，而他们投过来的讶异目光让我们弟兄几个感到恐惧，恐惧什么呢？在那个动辄上纲上线的时代，我们担心的是万一碰上了老师和同学，看到你在享受"资产阶级生活"怎么办？于是，就埋着头快速大嚼，哪怕滚滚的汤汁烫破了口腔也在所不惜，知肉味，而不知汤味也。

多少年后，当我看到朱自清在《南京》这篇散文最后说到南京的干丝时，才猛然醒悟，这"永和园"原本就是一爿茶馆，就是如今所说的"茶餐厅"而已，当年名气响亮，是人们囊中羞涩所致，价钱并不算贵，却也能够饱餐一顿，倘若富裕，尚可点上几个餐前佐食的小菜。不错，"永和园"的干丝和硝肉当年是餐前必点的小菜。所谓硝肉，并非如今改名的"肴肉"，而是因为加了有毒的硝。水晶硝肉为镇江名菜，不是南京特产，所以朱自清只说干丝："南京茶馆里的干丝很为人称道。但这些人必没有到过镇江、扬州，那儿的干丝比南京细得多，而从来不那么甜。"他肯定就是在"永和园"吃的干丝。我小时候第一次吃到这家的干丝，就感觉到一种甜咸掺半的特别味道，开始也如朱自清先生那样不太适应，但卤水点就的黄豆干丝的弹性，以及那股特殊的"豆腥味"，让你的味蕾有了记忆，习惯后就总想着流连。直到十年后，我第一次在扬州"富春茶社"吃到正宗的扬州干丝，立马就想起了"永和园"的干丝，的确，扬州的干丝品相好，刀工更是比南京"永和园"要好上不知多少倍，也无甜口也无咸，咸淡爽口。然而，我却并不认为它就比"永和园"的干丝好吃到哪里去，或许就像朱自清过分留恋家乡的美食一样，他对南京盐水鸭的诟病，也是没有多少道理可讲的。味蕾的记忆是强大的，人们记住的往往是食物第一次给味蕾留下的深刻印象，即使走到千万里外的天涯海角，也忘不了舌尖上的记忆。食物更多是承载着乡味、乡情，它是一种文化召回。

坐在"永和园"茶楼靠窗口的那张桌子朝下望去，小方石块砌成的马路上，熙熙攘攘的人流在 H 形的街道上穿行，北面贡院里的明远楼在夕阳的照耀下，轮廓像镀了金一样醒目。我坐在茶楼上看到的夫子庙一角的街景，虽不是"天上的街市"，却也是一种历史风景的定格，如今想来，真可谓"此情可待成追忆，只是当时已惘然"。可口的食物是一个人永远的恋人。

三十年后，即 1990 年代，我在编辑《老南京》散文集的时候，看到曹聚仁先生那篇《南京印象》，最后一段感慨让我怦然心动："秦淮河默默然躺在那里。六朝居的干丝涨了价了，拌上了鸡丝，显得格外油腻。歌女的珠喉，夹着台下的叫好声，夹着灿烂的徽章，南京姑娘已经很摩登了！'埃红'的彩色电光代替了月儿，映入秦淮微波中，秦淮河也摩登了。"无疑，这是一个旧文人用农业文明的眼光去诟病现代都市的心态，其时坐在"永和园"楼上的我早已看不见那样的风景了，因为 1960 年代已经把秦淮河的"精神垃圾"清理得一干二净。

然而，张恨水在《碗底有沧桑》一文中描写他在"奇芳阁"吃茶的心境却正合我意："这里有点心牛肉锅贴、菜包子、各种汤面，茶博士一批批送来。然而说起价钱，你会不相信，每大碗面，七分而已。还有小干丝，只五分钱。熟的茶房，肯跑一趟路，替你买两角钱的烧鸭，用小锅再煮一煮。这是什么天堂生活！"老张于抗战胜利后在夫子庙的"天堂生活"，1964 年左右仍在，价格翻了一番，但那是人民币，只是为你跑堂的茶房却没有了，因为要消除资产阶级蔑视底层劳动人民的生活方式，再过两年，所有饭店都开始实行自己动手的服务方式。

如果说，以夫子庙为轴心的老城南地区是古都流传下来的旧街市，是普通市民光顾的好去处，那么，南京高大上的现代化商业聚集地则非新街口莫属。

新街口作为南京最繁华、最具现代性的商业中心，与夫子庙不同的是，它的建筑风景并不亲民，而是有一种无形的洋场气息。我有记忆时第一眼被震撼的建筑风景，并不是父母亲的工作单位，那座 1933 年建成的当时欧美盛行的"装饰艺术风格"的原民国最高法院大楼，而是 1937 年竣工后矗立在南京新街口十字路口东北角的地标建筑——原民国交通银行旧址。中山东路 1 号那巨大高耸的罗马柱让一个孩子感到一种巨大压抑的壮美，直到 1966 年"大串联"，我第一次在上海黄浦江边看到了许许多多同样巨大的建筑物，再到 1990 年代，我在这些建筑物的故乡欧洲看到了林林总总、各式各样、巨大繁复的文艺复兴时期留下来的建筑风景群，不禁由衷地感叹人类造物鬼斧神工的审美魔力。这种艺术的震撼让我寻觅到了建筑物在城市风景中装饰的重要性，即，一个城市建筑风景的审美品相决定了这个城市的人文素质和审美品位。

作为民国的首都，当时南京的城市规划融入现代化特征，对西方建筑艺术的借鉴，让它有了几分洋气。但是，它又保持着这个古城传统建筑的民族文化特色，所以其规划选择了许多不中不西、亦中亦西的特殊的大屋顶建筑风格，这些适当汲取西方风格的中西合璧的建筑物，与星罗棋布的西式洋房散落在各个区域之中，成为南京现代都市土洋融合的风景线，可惜规划半途而废了。但是，说到南京最具特色的城市建筑，不能不提到一位著名的建筑大师，那就是杨廷宝。

与北京的新街口不同，南京的新街口是南京的市中心，1929年孙中山灵榇奉安大典后，广场在新街口的拓建工程中诞生。新街口广场不仅是南京曾作为首都的历史见证，孙中山铜像的几次搬迁也承载着许多沉重的历史故事。作为南京都市的交通枢纽，新街口是城市地标的象征，更重要的是它作为1930年代至1980年代最时髦的现代化商业区，给予了南京人许多欢乐。中央商场和百货公司毗邻，人潮涌动，成为南京人购物的天堂，且不说威严高耸的交通银行，北面的新都大戏院，南面的大华大戏院，淮海路的中央大舞台，都是杨廷宝设计的，它们形成了南京现代建筑群。当然，他最杰出的作品应该是中山陵的音乐台。

大华大戏院1936年5月29日开业时，梅兰芳在此演出，万人空巷，轰动一时，谁又知道如今破落不堪的大华电影院，是当时中国影剧院豪华之最，被称为"中国的白宫"，亦如当年记者所言："设计和建筑极尽时代化能事，四壁金碧辉煌，图案布置极为玲珑雅致。"虽然一年以后它被日寇战火摧残，但几十年来一直风韵犹存，直到上个世纪末，大华电影院才被湮没在高耸入云的水泥森林之中。然而，在放冷气的大华电影院里看一场电影，还能在门厅的小卖部里买上一块上海"光明牌"冰砖，边吃边看，那恐怕是当时南京少年儿童最惬意、最奢靡的精神和物质的享受了。

当然，小时候去新街口并非是为了观赏建筑风景的，而是奔百货公司糖果糕点柜台里琳琅满目的零食而去的。在饥饿时代，糖果是一种奢侈的消费品，所以，为了味蕾的记忆，收集各种各样的糖纸成为那时孩童的时尚，此举可爱，却也可悲。记得母亲第一次带我们去见她的大姐，就是在新街口百货公司门口，母亲让我们喊姨娘，我们怯生生含混地嘟囔着，但见姨娘从售货工作服前胸的口袋里抓了一把花花绿绿的糖果递过来，我们羞涩地往后退，直到母亲让我们拿着。离开大人的视线，我们剥开了金纸包裹着的高级奶油糖果……原来大姨娘就是百货公司糖烟酒柜台的营业员，大姨夫也就在不远的南京市文化宫工作，他们家就住在对面不远的丰富路的木料市。此后的节假日，我们经常去他们家，这是后话。

中央商场是 1936 年建成的地标性建筑，小时候把它和百货公司进行比较，还是感觉它更有老克拉的贵族气。其实跟着大人去逛商场对于一个小男孩来说简直就是一种折磨，然而，中央商场门口排成长龙买大肉包子的镜头，是留给老南京人不可磨灭的历史影像。即使是在饥荒年代，每逢星期天，那里的队伍也延绵不绝，一直走进了我的灵魂深处。那一口咬下去汤汁直流的情形，吞食了一个时代的幸福，也吞噬了一个时代的饥饿。如今，中央商场的大肉包早已成为不返的黄鹤，前些年它换了"马甲"，变成了"金陵大肉包"，改在金陵饭店后面的小窗口售卖，名声鹊起。

那皱褶里浸出深栗色汤汁，"包浆"依旧，一口咬下去，虽然味道不错，却再无当年那种吞咽时的快感了，是因为没有了排长龙队伍等待的仪式感，还是大肉包的原料和做法不同了？抑或是顽固的味蕾记忆在否定现实的存在？苦难奔跑在历史的年轮上，当年为吃一口中央商场门口大肉包子而排队的人如今已垂垂老矣，它们如今安在？

　　无疑，当你流连在夫子庙和新街口的街景时，无论是传统文化城市氛围的熏染，还是现代都市气息的冲击；无论是小笼包子还是大肉包子的诱惑，都与居住在郊区的文化氛围格格不入。一面是喧嚣的城市中的消费文化给人带来的巨大诱惑力和感染力，一面是静谧的乡土里的农耕文明给人带来的寂寞与伤感。田野里碧绿的蔬菜，湿地中疯长的蓬蒿与芦苇，工厂里高耸入云的烟囱冒着的滚滚浓烟，一列列载着物资的火车呼啸着穿过居住区，所构成的农业文明和工业文明在郊区交相辉映的特殊风景线，让我们这些向往着城里奢靡商业文明的孩子们充满了消费主义的欲望。那个时代，不仅孩子没有什么生态意识，就是一个偌大的中国，连一个环境保护的专业机构都没有。1960 年代，世界性生态主义理论的回声连一个分贝都没有传导到中国来，"寂静的春天"直到几十年后才来到中国，人们对现代化的追求掺杂着对资本欲望的本能需求。所以，对原始自然形态和农耕文明的憎恶才是那个时代人性的原始呼唤，尽管这种呼唤是无法公开的，但作为潜意识和无意识，它布满每一个人的心底。

郊区在人与自然的交汇处，但我们从小并没有意识到这将是一个城市变化的拐点，只知道城里和城外的差异性，却不懂得它存在的意义。

"我们进城去"的渴求还在吗？

案头放着"城市故事"丛书，从巴黎、伦敦到芝加哥，每一个城市的成长都与其规划设计师的城市理念分不开，南京的城市规划对于生活在此地的每一个人来说都是绝对有意义的，也就是说，一个不知道城市密码的人，就像一个不知道自己的遗传信息的人一样，违背的是"我从哪里来，我到哪里去"的人的生活哲学追问。绝大多数南京人并没有这样的哲学意识，我从小到大一直都生活在这样一个混沌的认知世界中，我不知道南京从哪里来，到哪里去。直到有一天，我从许许多多故纸堆里突然看到了铁屋子的天窗上透出的一丝亮光，醍醐灌顶，我终于知道了长期居住在南京的生活意义所在，自此仿佛领取到了一张南京居住者的精神身份证。

与美国女学者若昂·德让的观点不同，我认为一个城市的居民和一个旅行者对一个城市的认知态度是完全不同的，城市的重塑，于居住者来说，那是一种血脉的连接，是一种灵魂的对话；而对于一个游客而言，那只是一种消费者瞬间的感受，是游历者感官刺激的临时释放而已。

南京是中国四大古都之一，昔日的辉煌被历代的战火湮没，剩下的只是残垣断壁的古迹，最明显的就是明朝举世瞩目的十四至十七世纪帝国城池，那是曾经向世界展示过的辉煌，然而，如今站在百层高楼上俯视南京城郭，能够看到明代内城宫廷楼阙遗落下来的几多历史人文风景吗？明故宫真的是已经故去的宫阙吗？你若想看其原貌，就去看北京故宫吧，那就是朱棣迁都带去的南京内城的翻版。而被称为世界第一的南京城墙，其拆墙运动其实从清朝末年就开始了，一直到 1958 年的"大跃进"运动形成的拆墙高潮，让这个城池彻底脱下了它那华丽庄严的衣衫，裸露出它遍体鳞伤的躯体，如今无法衔接的城垣也是在断垣残壁中修补出来的残缺赝品。

按照中国古代堪舆学城市规划蓝图建造起来的城阙宫廷、楼阁亭台，落下个断壁残垣的下场，倘若只怪罪于战火兵燹，也是不公平的。历史在进步，一个城市的设计师如果没有一种宏大卓越的气魄去勾画城郭蓝图，不能为这个城市发展留有巨大的诗意空间，他就无法在古代与现代的交汇点上，做到完美的对接，也无法在中国与世界城市建设的互为借鉴与汲取中进行最优美的衔接。

南京的城市建设真正进入有规划的现代化时期还是始于民国在南京的定都，当然，从晚清洋务运动开始，南京就陆陆续续出现零星的西方建筑西洋景了，但那只是鹤立的洋房而已。比如位于中华门外扫帚巷的西式建筑风格的金陵机器制造局厂房；下关大马路的西式建筑群；还有那个小时候坐在童家巷天井屋檐下的痰盂上看风景的我，怎么也不会想到自家西面还有一个 1910 年就落成的气势宏伟的西洋建筑风景——江苏咨议局。这个具有法国古典宫廷建筑风格的大楼才是南京作为民国首都的精神地标，它既是民主共和的启航地，又是南京古城建筑通往现代建筑的一个航标灯。

从上个世纪初到 1937 年，南京西化建筑群风景异峰突起，几成蔓延之势，倘若不是战乱，其《首都计划》若能得到完美实施，或许那个美国设计师吸纳欧美建筑风格的计划，会将南京打造成另一个与大上海媲美的国际大都市，一个林立于世界城市建筑之林的翘楚之都。看了那个宏大精致的计划，只能叹息后来的南京建设者们根本就没有参照这个计划实施，有些甚至还是背道而驰的。只有当我们从今天的航拍中看到中山陵的风景宛若一个美丽的女子脖颈上的项链时，才明白一个城市的设计理念对于城市的品格和品位是何等重要。

其实南京定位成一个园林城市是最适合的，从小就一直听说南京是中国绿化最好的城市之一，因为她有大片如中山陵、紫金山等许多植被覆盖的区域，有如城市"绿肺"，有几个湖作为装扮花园的点缀，让城市有了自然的元气和人文的活气，人们只有生活在天堂里，才能得到精神的餍足。正如约翰·杰拉德所说："世界上最古老的地方就在天堂和伊甸园。大地的果实自称古老，都说自己的母亲是大地第一次孕育，都说它们是世间最初的果实。论至幸与极乐，哪里能比得上伊甸园，亚当也在园子里醉心药草。对于诗人们来说，如果没有阿尔契努斯果园，没有阿多尼斯花园，没有金苹果园，哪里还能找到纯真的欢乐？如果没有极乐花园，他们如何想象天堂的模样？如果没有大地缤纷、美色撩人，男人们何处追寻内心真实的渴望？可还有比春天更值得期待的季节，温柔的气息使百花倾心，散发迷人芬芳？俯视植物如此恬淡，谁还会仓皇仰望宇外？"（摘自《花园的欢沁》，〔英〕克里斯汀娜·

哈德曼特编，刘云雁、颜益鸣译）可见原先的南京城市的设计者应该是将浪漫主义的元素融入这个城市的设计中的，仅仅中山陵的那枚项链就足以说明其诗意的追求。

现代化的高楼大厦只是人文风景的象征，而回归自然却是人类追寻风景本质的精神需求，天堂、伊甸园是人类生活原始状态的样貌，因为偷食了禁果，才有了进化。自然与初心，人文与进化，它们虽为悖论，却也呈现出人类生活相互依存的关系。把一个城市众多文化名人的陵墓建成一个供人瞻仰和休憩的公园，不，应该说是花园，这是西方人的理念。而在中国，广袤的中山陵里早就圈着世界上最大的皇家墓地——明孝陵，但那里肃杀的阴气让人感到的是恐怖。这两种建陵理念给人们带来的是相反的审美移情。

如何打造这个有山有水、有林有园的城池，这的确是现代城市设计师所面临的难题，而南京的城市规划却在朝代更迭无指挥的不断变奏中，成了现代大都市建筑晚宴上模仿群中的迟到者，幸好它还有昔日现代设计理念遗留下来的许多亮点——中山陵的建造，尤其是音乐台的设计；国民政府外交部大楼；国民政府考试院；中央大学西式建筑群；金陵大学和金陵女子大学建筑群；中央博物院和中央研究院建筑群；颐和路公馆区的西式别墅建筑群；北极阁公馆；圣保罗教堂；国民大会堂……如今虽然被鳞次栉比的高楼大厦所掩映，却也遮掩不住当年设计者的理念和灵动，这些建筑独特的设计风格，正是当下清一色玻璃幕墙高楼下散落的充满着历史包浆的珠玑。

2022 年 5 月 25 日草于南大和园

告别少年时代的城市旧景

任何一位老人都可以担保这些诗句的准确性。它们记录了现代人的共同命运。

我在这次演讲中试图描述的奇迹是，许多艺术家和一些作家经历无穷无尽的痛苦，从这些悲惨的人类命运中创造出伟大的艺术作品。他们对人类愚昧的愤怒不是软弱无能的，他们对已经发生的事物的重演是一种维持生命神话的再创造的手段，他们捕捉肉体和灵魂崩溃的那一刻，并抓住足够多的身体部分，让那一刻变得可以理解，并让我们看到其解体是如何暴露灵魂的。

——肯尼斯·克拉克《何为杰作》

克拉克在艺术史的论述中，总是把文学大师和绘画大师的主题表达进行比对分析，由此而将一切作品的灵魂提升到哲学的高度，也许只有这样的创作才是能够入他法眼的作品。因为作家和艺术家所看到的一切过往的生活风景，都饱含着人类对历史和人性的价值定位，作品的不朽是与之不可分割的血肉关系。

一个饱经风霜的人到了老年，才有资格在回眸历史生活风景时充分表达出自己的人生观。克拉克从许多世界巨匠那里看到的是晚年作品的灵魂顿悟：从莎士比亚到易卜生，从歌德到托马斯·哈代，再到弥尔顿，"像《复乐园》一样，《力士参孙》也以接受自己的命运而告终，它在实际使用的语汇中引入老年风格的另一方面：一种坚忍克己的苦行，拒绝媒介的感官刺激所产生的情感的任何引诱。米开朗基罗、提香、伦勃朗、多纳泰罗、塞尚，都继续使用他们的媒介，并对其材料的潜在可能性有更多的把握。"

我个人的选择是后一种艺术家的观念，而非克拉克所说的另一个伟大的风景画家克劳德"退缩到一个自己营造的偏远世界"中去的选择，因为他不能在人类的悲惨世界中闭上自己的眼睛。

我更喜欢维多克·雨果那种充满着激情的浪漫主义的悲剧性艺术表达，虽不能至，却心向往之。

1967 年 10 月，我们十几个蛰伏在家里的"逍遥派"同学响应了当时支农的号召，去南京郊区毛泽东主席参观过的十月人民公社"支援秋收"。

金秋十月，我们来到了栖霞区的十月公社的一个生产队，住在三间大瓦房里。翌日，房东夫妻带着孩子去走亲戚，临行时，嘱咐我们出门时把钥匙放在门口的猫洞里，想必是他们对上面派驻他们家的这帮学生产生了畏惧，为避免尴尬，只得选择躲避。

竟然没有一个生产队头头给我们派活，闲着也是闲着，于是，我们就决定去附近看栖霞山的风景。南京人有句谚语："栖霞山上千佛洞，千佛洞中菩萨多，最后一个是石匠。"亦即做工也是一种修行，最终也能立地成佛。

到了栖霞寺，寺内一片萧条，和尚没有了，只剩下一间间斑驳陆离空空如也的黄色和白色的空寺房，乌鸦栖息在古树上，"哇"的一声，带着空谷似的回音，惊悚得我们一激灵，把这了无人迹之地渲染得阴森恐怖起来，我便想起了鲁迅小说《药》结尾处的那只乌鸦的鸣叫，瘆得人起了一身鸡皮疙瘩，直到读大学，才知道这叫安特莱夫式的阴冷。

出了栖霞寺，我们顺着路人的指点，向千佛岩石窟走去，不大工夫就到了那个仍然空无一人的去处，那时我们根本就不知道这个石窟是个啥玩意，就知道那个刻岩画的石匠雕凿完最后一幅画就站在那里变成了一尊石人的传说。

过了二十年，这里的栖霞枫叶成为南京一大景观，栖霞寺的香火又重新燃升起来，方才知晓此窟始建于南朝，距今已有一千五百四十年，满山的石雕皆为佛教艺术的珍品之作，享有"江南小云岗"之誉，可惜当年我们对文物历史一窍不通，也就无法欣赏它的妙处。

再后来，2010年的栖霞寺突然红火起来了，因为南京长干寺发现了佛祖释迦牟尼顶骨舍利，引来了全世界佛教界的热切关注，来自世界各地寺庙的知名大方丈、大住持和众僧，纷纷来到了栖霞寺，为的就是亲临现场，瞻仰迎请阿育王塔从长干寺移至栖霞寺的大法会，海内外的各路高僧能够亲眼见证金棺银椁重光，恐怕是千年难遇的佛界最高荣耀了。可见栖霞寺在中国佛教界的地位有多高了。但是，我始终不能理解的是，南京市为什么在五年后，又将阿育王塔移至耗资百亿的世界第一的豪华宫殿——牛首山佛顶宫。

前几天，我国台湾著名的大法师佛光山的星云大师圆寂了。我见过他两次，一次是在 1980 年代末，还有一次是他来南京大学看他资助的星云楼。当然，去台湾时，我也去过位于宜兰县星云创建的佛光大学，很有佛光之气。大师留给我的最深印象就是一口纯正的江苏江都话，腔调热烈而有激情，幽默而有风趣，可惜此番语言风格却被上海的滑稽戏变成了一种油滑，这是题外话了。再有，星云大师是十二岁时在栖霞寺出家的，他如果回到佛途的启航处来圆寂该是多好呢，从有到无，从无到无，也是人生境界的最高处了。

遥想当年，我们这一群不懂历史的少年，看到那衰败不堪的旧寺庙，焉知历史的兴衰映照在这方土地上将会有天翻地覆的变化呢？可怜风景中的少年一头雾水地走过了栖霞寺的历史小道。

后来读到唐代诗人皮日休《游栖霞寺》的五言诗句，不禁悲从中来："不见明居士，空山但寂寥。白莲吟次缺，青霭坐来消。泉冷无三伏，松枯有六朝。何时石上月，相对论逍遥。"当年的少年，无知又愚昧，面对空山，没有发忧愁的知识储备；面对白莲青霭，我们没有信仰的意识；唯有面对六朝的枯松，我们才有资格做一个浑浑噩噩的时代"逍遥派"。

下得山来，一帮过惯了"逍遥派"无聊生活的我们，沿着铁路线向前漫无目的地前行，就像当年苏联电影里那几个少年沿着铁路去寻找革命一样，但我们是被革命遗弃的少年。

有个年纪大的同学曾是业余体校的足球队守门员，他行走在一根铁轨上，两手平伸，像是在走平衡木，远处响起了火车的汽笛声，我们纷纷走下铁轨路基，只有他还专心致志地在轨道上慢行，我们呼唤他的名字，他好像没有听见。汽笛长鸣，直到火车在距离他三十米处紧急刹车，司机和大炉跳下车来，他才惊慌失措地撒丫子狼奔豕突，我们一群人也像受惊的野兔一样狂奔起来。好在司机追了一段就折返回去了，因为他要赶回晚点的时间。

事后，我们问那个同学，难道你真的没有听见火车的汽笛声吗？他说真的没有，我却始终不信这鬼话，他肯定就是想恶作剧一把，这就是那个时代留下的"逍遥派"的人性印记，这样的风景也就永远留在了我的记忆底片里，羞赧地躺平在暗陬之中。

真的是没有什么意思了，我们商量的一致意见就是明天打道回府，没有交通工具，走也得走回去。

最后的晚餐吃什么呢？我们商议把中午烧就的一大锅剩饭炒成蛋炒饭吃。我自告奋勇掌厨，犯难的是油没有了，一位老兄就说，灶台上那个罐子里有猪油，我说，猪油炒饭更香，但那是房东家的啊，大家都说没事，我说，没有葱也不行，立马，一位同学就趁着撩人的月色，从地里拔来了大把拖泥带水的香葱。

于是，一锅热腾腾的猪油香葱蛋炒饭流水似的淌进了各人的大海碗里，汹涌澎湃地爬进了各自的血盆大口之中。那个得意洋洋边听半导体收音机音乐、边吞咽着蛋炒饭的高度近视眼"二眠"同学，一不小心，踩翻了泔水盆，一个四仰八叉倒地，弄了一身臭味不说，手中的大海碗把大锅也砸了一个洞，众人一阵责骂，平添了尽快逃离的决心。一夜无话，有人呼呼大睡，有人辗转反侧。

多少年来，我一直感到十分内疚的是，我们没有给房东留下一笔赔偿的钱，哪怕是少一点也行啊，书本里读到的红军吃了老百姓的番薯把钱压在碗底的细节拍打着我的灵魂。

第二天，天才蒙蒙亮，我们就席卷铺盖，匆匆走上了"逃亡"之旅，那时从栖霞到南京市区是一段几十里的路程，我们越走越累，后来溃不成军，瓜分为两三人一组的散兵游勇了。

一路拦车，那路过的化工厂和化肥厂的卡车竟无一司机理睬，我和 G 君坐在路边，失望之余，对着开过来的一辆油罐车招了招手，未想到汽车竟然停了下来，一个"小杆子"司机让我们上车。喜出望外，我们慌忙爬上了车，把行李放在车边无遮拦的走道上，人站立在驾驶座后面的走道上，手扶着驾驶舱后面的栏杆，一路逍遥而去。

汽车行驶在马路上，秋风吹乱了我们的头发，两旁的树木一路滑过我们的视野，风儿吹在面庞上，很惬意。路遇前面还在艰难行走的同学，我们骄傲地向他们招手示意。

就这样，我们完成了初中时代最后一次不是支农的逍遥旅行，那里的风景虽然有点寡淡，却充满着谐趣和一丝丝说不清道不明的邪气。

哪知道四十五年后，我又搬到邻近这里的仙林地区来居住了。同是栖霞区，这里高楼林立，昔日荒凉的风景不再，湖泊湿地和荒芜的丘陵，已经被建造成大大小小的公园，宽阔的马路和漂亮的人行步道，湮没了昔日的荒凉风景。

我却又恍惚起来了，当年我们鄙夷的自然原始风貌换成了现代化的人工制造的风景，究竟哪个更美丽动人呢？人类在这条哲学的岔路口彷徨。

离开南京去广阔天地插队前，我们去看南京长江大桥的风景。那是 1968 年国庆节后的一天，在那个即将成为南京地标性的建筑，也是中国桥梁史上里程碑的地方合影，成为我们告别南京风景的最后仪式。其实，那时只是铁路桥通车，而且禁止人们游览，我们只能远远地用海鸥牌相机，将那三面红旗的桥标做背景，摄下了一幅珍贵的照片。此后，我只有乘车过大桥，却从未下来走过大桥。

待我们下乡两个月以后的 1968 年 12 月 29 日，报纸上说公路桥也通车了，其实只是部分通车，只有到了 1969 年 9 月 21 日，毛主席参观南京长江大桥后，这个南京风景的地标才全面开放，引来了全国各地成千上万的游客留影。不过，最让我们难忘的是，当年南京军区司令员许世友亲自用吉普车开道，后面尾随着南京军区第 10 坦克师的一百多辆重型坦克，轰轰隆隆威风凛凛地开过公路桥，这一壮观风景深深地震撼了南京市民，一时传为佳话。

1960 年代的南京风景在我的视野中消逝了，但它的历史回音仍然荡漾在 1970 年代。

1971年6月6日，罗马尼亚共产党总书记尼古拉·齐奥塞斯库在周总理陪同下访问南京。其时，我正大病一场，从宝应乡下回南京看病休养，看到与长江大桥同年建成的南京火车站前竖起了花牌楼，南京的街道开始处处打扫卫生，居委会通知到各家各户，上街夹道欢迎齐奥塞斯库，连老头老太都得去。老人们说，这外国人的名字我们记不住，也说不清楚，居委会的主任说，上级早有布置，你们只要不停地喊：欢迎，欢迎！一、二、三、四、五！就行了。于是，当天南京万人空巷，人们拥挤在主干道两旁不断地呼喊着"一、二、三、四、五"！

谁知道十八年后的1989年12月，这位曾经在南京风光一时的罗马尼亚总统先生，竟然被拥护他的人民群众给处死了，当时看到这条传播全世界的新闻，我震惊之余又感到愤懑。

历史的风景有时就是这样无情地捉弄人。

2023年2月9日再次修改于南大和园

辑　二

街市的风景诗

远远的街灯明了，
好像闪着无数的明星。
天上的明星现了，
好像点着无数的街灯。

我想那缥缈的空中，
定然有美丽的街市。
街市上陈列的一些物品，
定然是世上没有的珍奇。

你看，那浅浅的天河，
定然是不甚宽广。
那隔着河的牛郎织女，
定能够骑着牛儿来往。

我想他们此刻，
定然在天街闲游。
不信，请看那朵流星，
是他们提着灯笼在走。

——郭沫若《天上的街市》

　　小时候，夏天躺在夜空下的竹床上乘凉，仰望银河，听大人们讲述牛郎织女的神话故事，以为男耕女织的田园牧歌就是世界上最美的生活。后来看到罗马神话中说，天上的银河起源是女神赫拉为哺育婴儿赫拉克勒斯而喷射飞溅出来的乳汁，觉得这个故事太浪漫了，尤其是第一次看到意大利文艺复兴时期人文主义画家丁托莱托那幅《银河的起源》后，喷射奶水的画面带着世俗裸体之美震撼了我。同样的银河故事，同样的人性题材的选择，其人文主题的指向却是不尽相同的。

　　可是，儿时我并没有知识和审美思想，却总是梦想着，如果灿烂的银河下凡到南京城的夜景里来，让它成为星罗棋布的街灯夜市，那该是多么浪漫的景象啊。因为那个时代，城里的街灯甚少，相距很远的一杆杆路灯是死寂黑暗城市里的一盏微光。

　　当我后来读到郭沫若的这首诗的时候，就把南京城里的夜景当成了白昼里的天上的街市。再后来，我常住北京朝内大街166号，也没有看到灿烂的天上街市的夜景，我每逢星期日白天便在大街小巷里窜，成了1980年代初观看北京街市的"胡同串子"。

　　从小住在大院的时间多，却更喜欢那种充满着新奇感的南京风俗画街景，夫子庙自不必说，除了吃喝玩乐的场景，能够诱惑人的就是花鸟市场和古玩店了。喧闹的市井风俗构成的街头风景，之所以能够吸引一个儿童，是因为那样的风景、风俗和风情是与学校和大院里枯燥的生活情境大相径庭的，异质情调的市俗生活才是一种人性本能的追求。我读到的第一篇儿童文学作品不是课本上的《高玉宝》，而是张天翼的儿童文学《罗应文的故事》，后来改编成电影《罗小林的决心》。还有《祖国的花朵》，每逢六一儿童节都要去看，看腻了就烦透了，因为许多儿童和我一样，都是贪玩的"孩子"，一看到街上有什么好玩的事情，就被吸引过去了。罗应文最后改正了这个缺点，可我却是屡教不改，这个缺点恐怕要被我带到棺材里去了。

长大一些，看到大人站在夫子庙旧书摊前看书，觉得这种姿态十分帅酷，是一种有文化的象征，便开始在旧书肆的书摊上淘书了。看不懂古籍，就把小人书当成了启蒙课堂，从小养成的藏书癖，就是在旧书摊上开始购买大批的小人书。自以为这是一件有趣的事情，从小人书开始，到大量的小说阅读，我沉溺在不务正业的课外阅读中，以至于发展到用手电筒在被窝里读、就着窗口的月光通宵偷读。

读英国人安德鲁斯《寻找如画美：英国的风景美学与旅游》，其中写到，"有趣味的人"才能发现这些平常的风景，让人进入一种"画境游"的文化语境中，心中便豁然开朗起来，他用了一个令人十分兴奋的浪漫词语来定位这种趣味——"风景诗"，让我激动不已。

瞻　园

还有什么既有趣又有文化品位的事情可寻觅呢？无非就是去公园游览了，当然这也是一种奢侈的文化消费。

有一年春游，我们穿过夫子庙时，偶然看到一个挂着"太平天国历史博物馆"门匾的去处，便每人掏了五分钱，买了门票进去玩耍。一进大门，我们就钻进了那个曲径通幽的花园，在那犹如迷宫似的太湖石假山里上下攀爬、来回穿梭，感觉与夫子庙的街市完全不一样，那里透着皇家贵族的瑞气。当时我们并不知道它的历史来路。

多少年后，我才知道南京曾经有过两个"瞻园"，一个是明代秦大士罢官归里后在武定桥边所建的私家花园"瞻园"，相传名出欧阳修"瞻望玉堂，如在天上"词句，但我查遍欧阳修诗词，并无此句，想必乃讹传也。然而，夫子庙西与中华路交界处的"瞻园"才是南京正牌的贵胄庭园，那是明代"江南四大名园"之一，先为朱洪武赐予中山王徐达的府邸，名为"魏公西圃"，亦称"西园"，后来又成了太平天国时期东王杨秀清的私家花园，虽然没有天王洪秀全"熙园"（即天京的"天王府"，后为民国时期的总统府）巍峨壮丽，满是帝王风流贵气，但我更喜欢这里紧邻夫子庙充满着烟水气的风景。在嘈杂的街市旁，竟有这般闹中取静的贵胄庭院里玲珑剔透的风景，让人咂舌。庭园面积虽不很大，却并不输苏州名园，难怪乾隆帝驻跸此园时题写了"瞻园"的匾额，有诗曰："人言江宁使院天下冠，日月烟霞生古姿，翠华临赐瞻园字，松石光辉又一时。"皇帝老儿到处题字题诗，自乾隆始，成为一种风气，游遍吾国名山大川，何处没有他的墨迹呢？可又有多少游客知晓这帝王赐匾时的豪气——松石的光辉不是因为你的赐名而成为历史的荣耀，而是自然与人工合成的风景让人油生敬意，其绰约风姿的解读应为园林艺术的解读才是。

而那个时代的南京市民鲜有人知晓此处闹中之景之妙处，也不愿意花上五分钱去看这些石头垒起来的假山，五分钱在当时毕竟能买两块烧饼作一顿早餐的啊。半个多世纪过去了，常常路过此地，我却再也没有进过此园。

朝天宫

儿时误以为朝天宫是皇帝居住的地方，便有一种畏惧恐怖的感觉，但一看那是南京街市俗地，就全然没有了敬畏之心，常常大摇大摆、悠然自得地去转悠玩耍了。当然，还有一个重要原因就是与我母亲过从甚密的远房表舅家就住在这附近。

那时朝天宫的古玩摊是让南京人有一种莫名惊悚新奇感的街市风景，看着摊主和买家打着手势，说着暗语，最后在手语中成交那些古瓷旧壶、破铜烂铁，兴冲冲地来，喜气洋洋地走，真有点丈二和尚摸不着头脑。尤其听说那里有三更五更时辰趁黑交易盗墓文物的"鬼市"，更是让它蒙上了一层神秘恐惧的面纱。

朝天宫保留着汉唐皇家威仪风格的建筑，小时候并不知道大人们去那里是干什么的，只知道那里的风景与其他地方不一样，门口的石狮子被人抚摸得石光铮亮，而台阶两面的石板坡被孩子们当作滑梯，已被多少代孩童的屁股磨出了比水晶还滑溜的岁月感。巨大的栅栏门在孩童眼里是庄严与恐怖的象征；而席地而坐的象棋残局摊位仿佛又给人增添了一种街景风俗的安全感。更不用说路边鳞次栉比的古玩摊弥漫着的市井的商贾气，让朝天宫成为从天而降的人间街市飞地，这是我童年喜欢的奇趣街景。后来读到郭沫若的诗歌《天上的街市》中"街市上陈列的一些物品，定然是世上没有的珍奇"时，心想，那个岁月朝天宫地摊上的那些古玩，尤其是盗墓贼带上"鬼市"的东西，哪一件不是这人世间的珍奇呢，那是天上的街市没有的奇珍异宝。

朝天宫、水西门、新街口也就咫尺之遥，从儿时到初中毕业，那里是我们经常出没的地方，一是因为母亲工作调动到市日杂公司，紧邻朝天宫的水西门陶瓷批发部；二是我家在南京唯一走动的两家亲戚都住在那一带，一个住朱状元巷，一个住木料市。

朝天宫是我儿时不灭的影像，虽然历经半个世纪再也没有进去过，想必已是人非物非了。

朱状元巷

从水西门至朝天宫的路边插进一条街巷，但见路边房屋的山墙上挂着一个蓝底白字的牌子：朱状元巷。这就是那个时代南京街市最熟悉的路标，巷口有个露天的小便池，便池内积满了厚厚的黄褐色尿垢，壁上的尿结石已经积成了墙皮，随时都有掉下来的意思。那个年代南京的许多巷口都有类似的小便池，仅供男士专用，当然，也偶有妇人在此"倒马子"。走一百多米后，便来到一个带门钉的剥落黑漆的大门前，门两旁有石鼓一对，跨过高高的门槛，转过照壁，里面是一个三进的大户人家房子，似乎第三进后面还有一个通往另一大空间的地方，那里也有庭院和房子，估计过去也是属于同一户主的房地产吧。

显然，这里是公管房，三进房屋里住着六户人家，还不算是挤挤挨挨的居民区。每一进都有一个三四十平方米的天井，中间是用小青砖立着铺就的地面，只是经常泼水的窨井处泛着薄薄的绿苔，留下的是六百年前庭院的历史印痕，这也算是南京城闹市区中一个不小的院子了。

进入天井，经常看见表哥和对门那个打着长辫子的邻家女孩在打羽毛球，于是，老一辈的长者都在窃窃私语，我朦胧地意识到他们渴望青梅竹马的两家孩子结成秦晋之好。

记得表舅家住的是第一进东首的那间大屋，东西两家中间原本是一个大客厅，如今已经被分割成并无界线的两个隐形的厨房了。两个煤球炉、两张搁着油盐酱醋的桌子、两套扫帚拖把分列两边，两家的板壁上也都挂满了林林总总的杂物。这种对称的风物景观，加上一个没有分界线的公用厨房，几乎是当年南京大杂院里通篇一律的风俗风景画。

住房是一间不到三十平方米的屋子，里面放着一张大床和一张小床，中间有一道乔其纱布帘隔挡，白天拉开，晚上关闭，也许这就是 1950 年代到 1980 年代南京城市居民家庭住房的普遍景观吧。表舅是莫愁路小学的校长，其待遇如此这般，也算是很优渥的了。

我们家弟兄三个，没有姐妹，之所以喜欢到这里来玩耍，就是因为表哥也是独子男儿。他是五中篮球队的主力队员，当然是我们的偶像，一米八六的个头，人也十分憨厚老实，细细的眼睛，厚厚的上嘴唇微微上翘，脸上永远挂着笑容，关键是他什么体育运动都会。他带我们出门玩耍，近者去门口的康乐球店铺，教我们打康乐球；稍远去朝天宫，在广场上，他教我们玩抖嗡；远者带我们去莫愁湖公园划船，去上新河看郊区风景。他的名字叫祁山，名如其人。

每次去水西门朱状元巷，祁家表舅一声吆喝，表哥就会拎上一只铝皮大饭盒出门，我跟在他屁股后面，出了巷口，向右拐弯，就是安乐园饭店，在那里买包子点心；向左行走，两个拐弯，便来到水西门的几家鸭子店，拣排队人少的队伍买盐水鸭。那时南京市民但凡家里来了客人，蔬菜是家里做，荤菜必定是上街斩一只或半只盐水鸭。那个年月的盐水鸭真是好吃，尤其是水西门的，鸭肉之嫩，自不必说，鸭皮之下没有一点脂肪，紧贴嫩肉，柔软而带嚼劲，连那鸭卤下面或泡饭都是喷香的，因为那鸭卤里面的确漂着一层腌制的桂花呢。

1990 年代初，我在给北京出版社编辑民国旧文人写南京的《老南京》散文集时，看到我们南大中文系老前辈卢前（卢冀野）写的那一篇《鸭腌制史》，不觉眼前一亮。卢冀野先生是个美食家，也是一个南京通，他在文章中详细地描述了南京的鸭业，以及盐水鸭、酱鸭和一鸭多吃的制法，可见 1940 年代南京尚保留着明代迁都北京带去的烤鸭技艺。"金陵之鸭名闻海内。宰鸭者在今日约有百家。鸭行在水西门外，约三十家。销鸭以冬腊月为多，每日以万计。鸭之来源，以安徽和县、含山、巢县、无为、全椒为多，六合及本京近郊占极少数。鸭客人（即鸭贩）到京即投行。鸭铺（即鸭店）上行，由行客铺共同商议。六月之鸭，养大不易，所谓早鸭，因吃麦梢，体质太嫩。腊月之鸭，因天寒亦不易孵育。八月之鸭最好，在桂花开时，故称桂花鸭。十月，冬月，谓之宿槽鸭，以稻喂养，亦甚肥美。"

他的描述应该是准确的，出了水西门就是城外，除了卖菜佣每日清晨挑着担子进城叫卖外，那里的上新河码头商船云集，穿梭着南来北往的贩夫走卒，甚是热闹，我小时候看到那种民俗风情十分浓郁的风景时，仿佛进入了另一种世界。卢前当年是国大代表，显然深谙首都的民情风俗，况且做了田野调查，对鸭业了如指掌。如今南京坊间还保留着"水西门盐水鸭"招牌，就是证明其来路的正宗，其制作方法为传统工艺，其实从 1980 年代后，水西门的鸭子远不如"国卤"和"韩复兴"的盐水鸭好吃，尤其是"国卤"的盐水鸭，尽管无卤，却有桂花回味之齿香。卢前先生说得对，盐水鸭的选料应该在八月桂花开时，因为那时的鸭肉肥而不腻，肉质紧致，不像如今激素催肥的鸭肉寡淡而肥腻，这个道理直到几年后我在农村放鸭时才了悟。

卢前先生说，南京城里"鸭店喜用'兴'字为市招，如韩复兴、金恒兴、魏洪兴、刘天兴、濮恒兴、蔡恒兴皆其用著者。大抵回教人占十之九，非回教者十之一"。至今尚在者，唯有韩复兴、魏洪兴两家，但是，卢先生漏掉了一只最著名的回族饭店，那就是马祥兴，马祥兴的鸭子名气可能在民国年间被他家显赫的四大名菜的声名覆盖了。

当年与表哥一道在水西门鸭子店里买的盐水鸭，的的确确是有桂花飘动的呀，一口下去，桂花香味绕齿不绝，至今还在我的味蕾记忆中盘桓。

开饭了，只见表哥从房间的大床背后滚出了一只直径约一米五的木制圆盘，把门口那只四仙桌拖至屋中央，圆盘往上一放，十个人上桌还十分宽绰。这虽是那个时代人们在狭小空间里的生存之道，却也是一种智慧，充满着市俗意味的氛围，让我久久眷恋。这些消逝了的旧时堂前风景，带着历史的瘿瘤之美，如今却离开了我们的文化生活视线。

表舅乃高阳酒徒，每天都是要喝几口的，一般都是普通的高粱大曲，偶有一次，他竟然从床底下摸出了五六块钱一瓶的茅台酒，边饮边高谈阔论，每喝一口都发出嗞溜的啜饮声，脸上便露出了无比幸福的灿烂笑容。他很少夹菜，但看得出来，那是他最幸福的时刻。就是那个时刻，他非让我尝了人生的第一口酒。

多少年后，我才知道，原来朱状元巷是明朝万历年间的南京籍状元朱之蕃侍郎的府邸，同时知道他也是一个古玩收藏家，那么，朝天宫古玩市场的历史与他有无关联呢？我以为这个答案于我来说并不重要，重要的是我在这里闻到了南京街市生活风景的烟火气和烟水气，它让我觉得这样的生活才配得上一个真正的南京市民的生活风景，尽管清苦，却有另一种市井意趣。

三十多年前，当我读到叶兆言《夜泊秦淮》系列中篇小说首篇《状元境》时，就想起了朱状元巷的街景，小说一开头，夫子庙的街景生活情形就把我震住了："状元境这地方脏得很。小小的一条街，鹅卵石铺的路面，黏糊糊的，总透着湿气。天刚破亮，刷马子的声音此起彼伏。挑水的汉子担着水桶，在细长的街上乱晃，极风流地走过，常有风骚的女人追在后面，骂、闹，整桶的井水便泼在路上。各色各样的污水随时破门而出。是地方就有人冲墙根撒尿。小孩子在气味最重的地方，画了不少乌龟一般的符号。状元境南去几十步，是著名的夫子庙。夫子庙，不知多少文人骚客牵肠挂肚。南京的破街小巷多，老派人的眼皮里，惟有这紧挨着繁华之地，才配有六朝的金粉和烟水气。"是的，没有这历史生存的嘈杂和烟水气，那就不是南京的人文风景了。

永别了，南京清晨的刷马子声；永别了，南京街头巷口露天便池里那悬挂着的黄色尿垢。

木料市

木料市里的民居生活情形就更类似《状元境》里的生动描写，尤其是城南一带——如此烟火气、烟水气的市俗生活风景在我记忆的历史底片中屡屡曝光。

木料市就在新街口丰富路往朝天宫水西门方向斜插进去的那条长长的街巷中，与朱状元巷不同的是，这里的房屋经过改造后，临街大门的门脸变小，进去后拐上几个弯，穿越一个照壁，才能看到明清式的大房屋。同样是那种高大的几进老式房子，进与进之间早就被围墙隔断了，每一进均由一个小门出入，显得更加逼仄。天井已经被各家改造成灶披间，权作厨房。拥挤中是没有隐私可言的，所有的空间都被人和杂物占据着，这就是当时居住在新街口街巷里南京市民真实的生活风景，与当年上海普通住民居住的风景并无二致，家中都是在房内拐角处放置马桶，客人上个厕所都得去外面巷子里的公共场所排队。

虽然这里拥挤，但是，我的童年和少年时期许多星期天都在这里度过，因为母亲的大姐就在这里居住。长姐如母，她像一个母亲一样惯着自己最小的妹妹。更令一个孩子向往的是，姨娘做得一手好菜，尤其是用小河虾做的油炸虾饼，成为一绝，温油炸成橘红色，一口咬下去，满口留香，终生荡漾在齿间。

多少年后，我终于在家人几十年守口如瓶之后知晓了母系家族史，我惊讶曾经作为大家闺秀的家中长女，姨娘竟然那样憋屈地蜗居在那样的房屋里，毫无怨言，或许她认为自己已然生活在一个充满着城市街景的环境中，应当知足了。当我站在她们家在县城里的两排四进几十间这样的旧式大房子的天井中，看到隐入烟尘中的母亲、姨娘和几个舅舅渐行渐远的历史背影，便看淡了浮云与浮生。

表姐和表妹都是与我们年龄相仿的中学生，她们羡慕大院里住洋房、用抽水马桶的生活，我却在骨子里喜欢有烟火气的街市生活，其根源就在于城里的街市是看不厌的风景，那里有许多有趣味有故事的好玩地方。当然，还有一个原因就是十分想脱离父母的管束，所以，听见姨娘要求母亲把我过继过去的笑谈，我也没有吱声。

新街口的中央商场和百货公司是表姐表妹们喜欢的去处，但我更喜欢去小街小巷里面流窜，看街边那些小地摊上的各种小玩艺；看街头犄角旮旯象棋残局的博弈和赌博；看街头围观斗蟋蟀的精彩镜头；看街边相面算卦，善男信女听着那些信誓旦旦的胡说；听炒爆米花的匠人踩响爆破筒放炮那一刻巨响带来的快感；看街头江湖艺人舞枪弄棒表演武术的吼叫；看卖大力丸的游侠拖着猴子翻筋斗，将自己胸脯拍得山响通红的场景；看卖花姑娘如何把即将枯萎的白兰花洒上水，追逐路人求买的镜头……这一切，对于我来说是新鲜有趣的风俗画，街市似乎有一种魔力在吸引着我。

水西门

每一年进城看国庆游行表演，是当年南京少年儿童向往观摩的盛典，那些年母亲已经调到市日杂公司的水西门陶瓷批发部工作，于是，在水西门路边批发部的楼上看国庆游行，也算是一个较好的观察点了。因为当年游行的中心广场是在新街口，东西南北四路人马均需在新街口交汇分流，而最好的观察点当然是在新街口中心区域的西式高楼上，但是，又有多少人能够进入那个区域呢。我们能够看到南路的游行队伍已经是很幸运的了，因为城南的游行队伍花样最多，而且旧城南的街市多，老南京人多，中学也最多，我们更希望能够看到穿着洋服、吹着洋号、打着洋鼓的中学生仪仗队雄壮的方阵，这是那个时代少年英雄的集体情结。

国庆节放假的前一天晚上，我们就住进了陶瓷批发部木制的旧楼上，打地铺对于我们来说是十分新鲜有趣的生活方式。睡在陈旧的木地板上真是舒服极了，和去高桥门支农时睡在仓库大通铺稻草地铺上的感觉又有所不同，同样是新鲜，但是，城里张灯结彩的节庆氛围，以及霓虹灯影，爆竹声响，高音喇叭里的音乐声和反复播放的街市戒严命令，都让我兴奋不已，快乐得失眠，我不知道这是不是我们这一代人在"大革命"时代里被激发出来的青春荷尔蒙。

水西门虽然是在城里，且也近市中心，但一出水西门，那就是乡下了，旧式文人当然是喜欢乡下一派摇曳多姿的风景，因为它更接地气，张恨水有诗云："领略六朝烟水气，莫愁湖畔结茅庐。"小时候去水西门外，无非就是去莫愁湖，那时的印象，莫愁湖远比玄武湖土气多了，除了几个破旧的亭台楼阁，看到的都是湖边的柳树而已，那就是陈西滢说的散发出民国土气的"半城半乡"去处。

那个岁月，南京的孩童最先认识的树种有三，一是柳树，二是杨树，三是法桐。后来读到刘鹗的《老残游记》中形容济南"家家泉水，户户垂杨"风景赛江南的描写，不觉有点夸张，南京无论是护城河边，还是秦淮河旁，抑或各个湖泊湿地，皆有柳树成行之景。八年后看到人说扬州瘦西湖畔垂柳蜿蜒几里，成为一景，不觉一笑，心想，南京的柳树那才是不经意地多呢，难怪张恨水专门写了一篇《白门之杨柳》的散文，那是 1940 年代的南京杨柳，与我看到的南京 1960 年代的处处杨柳几乎一模一样："正是一出城门，就踏上一道古柳长干堤，柳树顶尽管撑上天，它下垂的柳枝，却是拖靠了地，拂在水面，拂在人身上。永远透不进日光的绿浪子，四处吹来水面清风，这里面就不知有夏。我曾在南京西郊上新河，经过半个夏天，我就有一个何必庐山之感。这里惟一给予人清凉的思物，就是杨柳。"这显然是一个通俗小说家浪漫夸张之描写，然而，南京但凡有水之处便有杨柳，已然是见多不怪了。可惜张恨水生活的年代，南京东郊一带的法国梧桐尚未成巨树，而二十多年后，我们看到从新街口到中山陵的法桐林荫大道已然成为南京最亮丽的风景线之一了，尤其是中山陵那里参天的巨树越来越粗壮，这就让南京人忘却了柳树的历史存在。

文德桥

最值得玩味的是黄裳写了著名的散文《白门秋柳》，全文只着一句"桥右面有一棵只剩下几只枯条的柳树在寒风里飘浮"。仔细读来，他却写的是夫子庙精神层面的残花败柳："旧日的河房，曾经做过妓楼的，也全凋落得不成样子了。那浸在水里的木桩，已经腐朽得将就折断。有名的画舫，寂寞地泊在河里，过去悠长的岁月，已经剥蚀掉船身的美丽彩色，只剩下了宽阔的舱面和那特意的篷架。"

小时候看风景，都是寻着小吃的足迹去的，初中时，听闻夫子庙文德桥对面的一家包子铺的麻油菜包好吃，便前去购买。说实话，那个年月我们很少过去桥南，一是大人的告诫，二是那里也无甚好玩之处，即便是二水中分的白鹭洲，也是很少涉足，因为它小而荒凉。后来读到有关夫子庙的许多史迹，方才醒悟，可谓"文德桥边寻菜包，焉知桥左风流史"。

那时的文德桥已是朽木凋零，眼见着铺陈在桥面的木板发黑腐烂，用手一抠，木渣潇潇落下，走在上面，总感觉到有点晃动。有人说这桥迟早要塌，于是，买了菜包，便小心翼翼、匆匆忙忙越过桥面，仓皇逃去。下得木桥，便一口咬开皱褶透着绿色的热气腾腾的菜包，觉得远比奇芳阁楼上的菜包好吃。一直至今，那里的麻油菜包和鸡鸣寺尼庵里的麻油菜包，都深深地植于我的味蕾记忆之中。如今吃遍天下的菜包，无一堪比。深究起来，原因无非有二：一是在那个饥馑的岁月，人们对食物的贪婪；二是那个手工制作时代里，面点师傅对食物精益求精的钻研精神，那是用精心挑选出来的没有污染的上等青菜做原料，水焯至碧青后，手工剁就，用麻油、茶干、春笋或冬笋拌馅，撒上芝麻，包成十二道皱褶，上笼蒸出，价格还比奇芳阁的菜包便宜，何不引诱食客趋之若鹜。

其实，那里是旧时南京著名的风月场所，最早是经过余怀在《板桥杂记》里的旧院描述，明末清初的"秦淮八艳"成为名垂青史（此处应为双关，一曰青楼史；二曰士子气节比照史，映出的"青史"就有了别一番滋味）的人物，于是，1990年代我便在《随笔》等杂志上写就了关于"秦淮八艳"的系列散文，方知妓女的精神高洁有时是胜于士子文人的，她们是烛照当下知识分子的一面历史铜镜。

鸡鸣寺

同样，小时候去鸡鸣寺同泰寺买麻油菜包，也是听同学说起那里尼姑做的麻油菜包如何好吃，真的是屡试不爽。上个世纪末的一个除夕，我又登上了鸡笼山高处，那次并非是寻觅麻油菜包，因为我早就知道这里的麻油菜包犹似黄鹤远去，我是来寻觅传说中的"豁蒙楼"的，回去便写下了那篇《豁蒙楼上话豁蒙》的散文，孰料许多刊物转载了，连《新华文摘》都全文转载了，现在读此文，恍若隔世。我自鸣得意于对历史的洞见和对未来的遇见，因为在鼓楼街市旁的鸡笼山上，我看到了别人看不到的历史风景。

那篇文章里曾经被我删除了一节，现补缀，或恐另有一番滋味在心头。

黄裳在 1937 年的秋天来到南京，他进了同泰寺，却找不到"豁蒙楼"，与我当年问路老尼，显然是智商差了一点，然而，他却在《老虎桥边看"知堂"》中说到周作人《苦雨斋打油诗》里的两句诗："疲车羸马招摇过，为吃干丝到后湖。"以我推断，那个时代在后湖吃干丝，乃为素斋，也只有上鸡笼山上的"豁蒙楼"了，且文人是要去吃风雅和风景的。周作人虽然是现代小品文的创始者，文辞清丽自不必说，也是对现代文章学有历史贡献者，但我却并不喜欢他的人品，就像钱谦益那种"两截文人"不配李香君一样。没有了风骨，怎能配得上张之洞为"六君子"中的杨锐修葺的"豁蒙楼"呢？梁任公题写的"江山重复争供眼，风雨纵横乱入楼"正是这些士子悲剧的烛照。

清凉山

小时候的活动范围主要是在城东南，北面行脚止于中央门，其门外却没有去过；西面走得倒是甚远，一直游到了上新河。所以，清凉山、扫叶楼、乌龙潭这一带就算是城内的去处。然而，这里的风景虽好，当年的南京人却忌讳去这些地方，你尽可以在许多地方，尤其是在挤公共汽车时，听到南京人一句最恶毒的咒语"你抢到清凉山去啊！"，因为清凉山是南京从 1930 年代到 1980 年代，长达半个世纪唯一的城中火葬场，小山间的烟囱冒出来的白烟让人体会到一丝并不清凉的感受，有点瘆人。记得十五岁那年，祖父去世，楼下来了一辆老式的英国老爷车，就是南京近十年前突然出现在街头的英伦 TX4 汽车那种车型，不过是黑色的，旧时许多著名电影里出现的巨星都是乘坐这种车型的时髦汽车跨进街市的。车内十分宽敞，1960 年代南京的车辆用黑色象征着丧礼色彩，但凡官员们坐的进口小轿车，全是绚丽的色彩，湖蓝、宝蓝居多。而殡仪馆的黑色车辆的车头前镶着一大朵绸布白花，加上飘带，给人一种恐怖的肃杀感。与出租车不同的是，它的门是从后面开的，打开以后，便从底部滑轨处抽出一副担架，司机和入殓师一起将死者抬上去，家属可以坐在死者担架两旁的长条座椅上，同往通向天堂的入口——清凉山殡仪馆。

那天，我和父亲一同去的殡仪馆，我丝毫没有恐惧，因为我和祖父同床睡了很多年，那天夜里他在脑溢血中安详地逝去，我却睡得很沉，早晨起床一看，祖父鼻子里流出的一摊黑红色的血，已经干结在枕巾上……我大声呼唤，却没有一丝对死者的恐惧，也没有流泪，直到祖父被推进火化炉的时候，我才痛楚地流下了眼泪。

出门，望着一缕缕白烟升起在清凉山的小丘上，祖父的灵魂就这么随风飘去了吗？我发誓再也不来清凉山了，直到1980年南京火葬场迁至石子岗，我也仍然不去那里看重建的清凉风景，又过了十几年，为了写龚贤，才破例上了清凉山上的扫叶楼。

肃杀之秋，将祖父埋葬在花神庙的黄金山私墓群中。那年墓地尚空旷，选择了一块风景较好的开阔地，筑就一块棺椁型的长方形土墓，为了让"坟亲家"尽心尽力，父亲递上了那时十分紧俏的两包大前门香烟，让他们挖了一方犹如清代官帽形的坟帽子置于坟头。插上杨柳枝，方才知道南京的杨柳尚有招魂之风俗，那绿色的枝条在风中摇曳，恰似招魂的绿幡。

1983年父亲去世，仍然葬在这里。

2007年黄金山为建高铁南京南站，开始大规模迁坟，方知这里的私墓群竟有20万之众，祖父和父亲的坟墓正是在南站的中央位置，于是，便奉命迁至隐龙山公墓。

谁能料到通往天堂的路也会改道呢。

2022年10月5日初稿于南大和园

11月26日最终定稿

少年不知"景"滋味

透过现代人眼中所见的表象,依然能感受到隐匿于风景里的历史传统和情感。这类表象堪称一个民族不断增生的年鉴,负载许多世纪以来人类持续在场的种种印记……

——特林佩纳

其实,当走在城市中心区的时候,我们看到的风景很多都算不上是人文风景,那只能是一种城市建筑的风物样貌。许多居民并不了解这些残存的遗迹下所埋藏着的历史,我们看不见历史年轮中人性的歌哭与悲哀。

1964年,对于一个十二岁的少年来说是一个最顽劣的成长阶段,世界观正在懵懂发育,所以,他在观察自然风景和人文风景的时候处在一个朦胧的心理状态之中。他看自然风景往往是一种直觉的收获,是在意识和无意识之间的感官留驻;他看人文风景的时候也并不具备历史的知识,看到的风物也只是物体的表象特征。

那年九月我进了光华门中学,心不在焉的我第一次踏进校门,看到操场前那隆起的延绵不绝的残垣断壁,才知道那就是被拆了城砖的黄土坡,连坡顶上铺设的城砖也成为飞去的黄鹤。上面长满了青草和灌木,听到蟋蟀和知了的鸣叫,其鸣也哀。站在城头,尽管那时没有"城破土堆在，墙春草木深"的历史慨叹，却也感到无尽的荒凉。

光华门残垣城头上荒芜一片，杂草丛中被人踩踏出的一条小径向东蜿蜒而去；西面就是被拆去的城门旧豁口的断壁，城堞已逝；南面外城墙脚下散落着零星没有被拆完的城基碎砖；护城河边稀稀拉拉的岸柳并不成行，却也有些绿意，水波不兴，则仍有"潮打空城寂寞回"的古意。

俄而，你突然会在岸柳之下发现一片绿茵茵的青草地，平添了护城河边的几分活气。如今遥想起来，旧时巍峨壮丽的正阳门城墙在 1960 年代初已经像剥去了华丽外衣的资深美女一样，在残阳夕照下，肌肤皱裂，伤痕累累，留却一抔黄土朝天阙的凄楚。美人迟暮，城郭不再，风景这边独殇。

光华门中学是一所初级中学，校园简陋，只有大半边围墙，无疑，南面的城墙就是一堵高高的天然屏障，除了西面的围墙一直延伸到城墙根外，北面临街的围墙只修了一半，大门向东有一段与操场连接的地方根本就没有围墙。那里有一块似乎没有归属的飞地，比鲁迅笔下的百草园要大许多倍，既没有菜畦，也无厂房，成为学生们踢球玩耍的第二操场。我们常在夏秋之交去那里捕捉那种类似北方孩子玩的蝈蝈，南京土话名曰"叫油子"（学名叫暗褐蝈螽）的虫豸，而更多的是捕捉小小的金铃子，把它放在透明的白色玻璃小瓶里，晚上放在枕边，听它低沉悦耳的歌声入睡，便是一枕少年秋梦。

校园里的教学楼只有一栋两层的楼房，其余都是平房教室，中间隔着一道花坛，外围冬青，内里多为紫荆花树，待到含苞欲放时，我们总是喜欢用手去将她挤开，翌日再看，那花朵却萎了，不免有点黯然神伤。

那时我心里总是想，这城边地带为什么会比城外的郊区还要荒凉呢？它却也给我的中学时代带来了无尽的快乐与忧愁。

记得我们初一年级时的教室是在一进大门的那四间平房里，它们呈一字排开，中间被隔出了一条有屋顶的大通道。我们初一（2）班是从西往东数的第二间教室，墙体似乎也是城墙砖砌成的，十分简陋，地面还是砖砌的。一进教室，黑板上方赫然贴着一幅美术字：外语是阶级斗争的武器。这是 1964 年南京市中学开始弃俄语改学英语的年月里的一种警示象征，这让我们大院年长的发小中许多因大舌头不能发俄语卷舌颤音者欢欣鼓舞，可惜那些年我们对学习外语的兴趣不大，尤其是遇到了一个脾气好的年轻英语老师，总是将他当作哥们儿看待，在课堂上出尽了洋相。那时只盼着一放学就飞奔到公园路、御道街、午朝门一带玩耍去也。

一群无知懵懂的少年走在御道街上是没有任何历史感悟的，尽管许多同学都住在南航宿舍、五一一厂宿舍和无线电工业学校家属宿舍，却对这一条古都中轴线上的历史遗迹一无所知。

走过五龙桥，我们只注意五龙桥菜场旁那个烧饼铺了，殊不知，那原先就是南京天安门前的金水桥。后来北京天安门前的金水桥与它是同样的规制，南京也是汉白玉雕刻龙纹的桥体，毁于兵燹后，汪伪时期重新修葺用的却是劣等的砂石材料，虽然也有龙纹，却粗糙，是仿前朝的低劣仿品。

穿过午朝门的拱门，就觉得里面异常凉爽，虽然有点阴森，却也惬意，地面上光滑的石条已经被磨勘了，光脚走上去舒服至极。

走出券门，几座汉白玉砌成的长满苔藓斑痕的小桥映入眼帘，只觉得桥下一汪千年苔痕绿水绿得有点瘆人，再看，却也觉得绿得可人。待到许多年后，我伫立在北京天安门前金水桥时，马上想到的就是南京午朝门后面那斑驳陆离的汉白玉桥，因为那时我始终搞不明白南京的汉白玉"金水桥"为何会在背阴的北面，皇帝怎么面对万邦来朝的人群。却不知那是通往内城宫阙的桥梁。

出了午门，向北望去，一方方矗立的巨大石柱础被雨水冲刷得十分干净，成为游人爬上去拍照取景的好去处，我们也常在上面栖息。殊不知，皇宫和内宫在历代的战乱兵燹中早已被毁尽，尤其是洪秀全改南京为天京后，太平天国拆了内城去建造"熙园"天王府，算是彻底毁了明宫楼阙。据说1949年人民解放军进城后，刘伯承元帅作为第一任南京市市长，下令把许许多多宫殿大石柱础埋在御道街两旁的地下，午朝门里面的石柱础仅仅是遗存的少量一部分，难怪南京航空航天大学在搞基建时挖到了它们，这是刘市长无意中保护了文化遗存。

"我们走在大路上，意气风发，斗志昂扬"，唱着那个时代的"战歌"，我们全然不知自己走过的大道曾经有过的历史辉煌，从光华门（正阳门）一直到明宫的后宰门，那是明代皇城和内宫的中轴线，是文武百官每日上朝的通衢。更不知晓，朱棣篡权后迁都北京时建立的皇宫就是照南京内城宫殿的图纸蓝本建造的史实。

多少年后我才知道，北京故宫和南京故宫的规制虽然相同，北京的明宫却更加奢华辽阔，建筑更加雄伟壮丽，因为它的面积是南京宫殿的四倍，连中南海、景山公园都囊括进去了。1980年代初，我在人民文学出版社随叶子铭先生编辑《茅盾全集》时，得到去中南海参观的机会。在此之前，一个疑问在我脑海里盘桓了很多年，中南海不就是一条河吗？为何称"海"呢？直到去了内蒙古大草原，看到一片湿地也成为"尕海"，便明白了缺水地区对于水的渴望与尊敬。

南京北京这样的封建时代皇宫，铸就了中国城市风景线的一种传统建筑风格，将大屋顶建筑风格推到了极致。在日本东京、京都和奈良等城市，我所看见的大屋顶楼宇远不及中国两京的雄伟壮丽，更不用说在韩国首尔所见到的大屋顶建筑风格的庙宇，格局之小，简直就是两京大屋顶建筑的微缩版。

如今封建社会已然崩塌，但是，那份深刻的历史眷恋却久久留在了人们的记忆深处。而当工业文明和商业文明悄无声息地侵袭一个城市的建筑风格时，时代的年轮还会让这种深刻的眷恋从历史的皇历中抹去吗？当我在日本看到许许多多的仿汉唐建筑风格的大屋顶寺庙时，仿佛看到了一千多年前，日本和朝鲜作为"下朝"对"上朝"的景仰之情，这种情绪倘若只是对历史的尊重是无可厚非的，然而，将沙文主义的情感镌刻在现代文明世界教科书里，却是对人文风景的一种误读和亵渎。

1990年代，我写过一系列描写城东南的风景散文，那是"醉景之翁不在景，在乎文人士子气节也"。如今再写这里，我不想重复这样的老套，只想从城市风物历史年轮中显影曝光出风景与人、风景与自然的关系，由此消解自己胸中的块垒。

想起宋人蒋捷那首曲牌为"虞美人"的《听雨》词，平添了几分惆怅与感慨："少年听雨歌楼上，红烛昏罗帐。壮年听雨客舟中，江阔云低，断雁叫西风。而今听雨僧庐下，鬓已星星也。悲欢离合总无情，一任阶前，点滴到天明。"虽然我们的少年时代根本不懂什么"红烛罗帐"，当然，那时也不允许有这样的"犯罪"思想，因为这都是腐朽的"封资修"的东西，只有后来经历了无数次的人生沧桑以后，我们才会在人文历史的风景中沉思人性而失眠。

虽然少年时代看到的午朝门远非初始的午朝门，但是对于一群懵懂的半大小子来说，那已经是玩耍的最好去处了。且不说御道街两旁鳞次栉比的楼宇宫殿早已荡然无存，就是当年的五孔门券也只剩下了三孔，所谓"城门五阙"，才是皇家气象，那两阙宫门何时、被何人拆除的呢？

1960年代的午朝门并不热闹，除了我们这些顽皮的学生将它作为无趣中的有趣公园外，就是年轻男女夜晚幽会之处。那个时代每家每户的住宅都十分拥挤，加上子女又多，青年人谈恋爱选择此地也是理所当然。当我听到住在南航、南京无线电工业学校和五一一厂宿舍的同学津津有味地描述他们在夜晚目击到那些

"狗男女"做苟且之事，故意大呼小叫，逼他们提着裤子狼狈逃窜的恶作剧，羞得满脸通红。显然，对这种风景中的恶俗，感到的是两种深重的罪孽：做苟且之事者罪孽深重，而窥视、恐吓苟且者的人罪孽也不轻。四年以后，当我插队到农村，看到一个农村小伙子打散狗交场景的"恶俗"时，是一个老农民的一句"不作兴"的朴素话语，让我顿悟了人的自然属性是无法用一种简单的观念公式来推演的。狗尚且如此，况乎人也。不过，那将是我在《乡村风景》中描述的内容了，此处不赘。

如今的午朝门成了中老年跳舞狂欢的好去处，那里的草坪已经被红男绿女的广场舞步踏平，重新修葺过的午朝门已然没有少年时代那种略带忧郁的阴森了，在敞亮的门券中，我看到了远去历史的背影已经无人理睬，这个封建时代的辉煌已然被及时行乐的商业文化气息冲刷得一干二净，虽然那石板行道依然光滑可鉴，却鲜有人在历史中沉思。

过了午朝门，向北是围墙圈起来的一大片操场，就是如今用红墙围建起来的明故宫遗址。那时没有东西两条车道，偌大一片荒地，里面全属华东军区教练场，亦正是1960年代军队"大比武"的演习比赛场所。班上一个同学经常带着我们通过岗哨进去踢足球，因为他爸就是教练场场长。

我们在这里面欢快地玩耍，并不知道那里是六百多年前的内宫所在。我们一脚踢进的球门，说不定就是东宫的偏门。我们躺在深秋夕阳洒遍的斑驳草坪上休憩，望着西边天空中逐渐暗红的晚霞，早已把家庭作业扔到了九霄云外，担心的是晚上如何向父母交代。

到了1966年，初中二年级的时候，我们班上转来一名家庭背景与民航局有关系的同学，瑞金路一带那一片荒凉的土地上，有一间孤零零的平房，门是朝东山墙中间开的，那就是这个同学的家。我们去他家做客，聊天之余，才知道这里就是国民政府1927年修建的飞机场遗址，怪不得他家门前还残存着一节长长的水泥跑道。

多少年后，当我看到那张1927年建造的明故宫机场俯瞰图的时候，再次证实了南京中心地带曾经是一个有故事的飞机场。现在的瑞金路小学校园里还遗存着一百米的飞机跑道，那是整整九十三年前的1929年8月7日，南京民用航空的第一个飞机场在此诞生。于是，许多历史故事在这里发生了。

1931年11月19日，诗人徐志摩从这里起飞，由此结束了一个诗歌时代；1936年12月西安事变后，张学良送蒋介石回首都，在这里降落后遂被扣押，开始了长达几十年的囚禁生活；1937年日军占领南京时，这里成为日军的空军基地，豢养了一个伪中央政府时代；1949年4月23日解放军占领南京，中华民国代总统李宗仁从这里登上"追云号"启航飞离旧都，那是一个时代的最后一抹夕阳风景。

看到两个羊倌赶着一群羊大摇大摆地通过1939年飞机场跑道的照片，我讶异民国政府散漫无序的管理水平，也惊讶他们的自由疏懒的荒唐。孰料，一个时代有一个时代的人文风景。

当年我们在同学家门口还能看到荒草丛中留下的飞机场跑道

的残断遗径，而如今这一带早已被满目的楼宇所覆盖。

中学时代赠予我们观赏风景的深刻印象就是春游、秋游和下乡支农活动了，当然，这都是当年教育部的规定项目，除此而外，我们自发的"一日游"活动通常是见机而行的。

在南京，去自然风景区当然首选中山陵，但是"少年不知景滋味"，我们对见惯了的中山陵风景熟视无睹，民国时期为迎接孙中山的灵柩入葬中山陵的奉安大典，南京的行道树是从国外进口的法国梧桐，从首都大道一直栽种到紫金山脚下，从此，历史给南京留下了一道亮丽的风景线。南京早早就被誉为中国的绿化城市，可能就是因为这林荫大道给旅人留下的深刻印象吧，虽然每年飘扬的梧桐絮让人不堪忍受，却也是为壮丽风景付出的代价。

而我们当年更感兴趣的是沿着中山陵植物园那条保持着原始自然景观的小溪流，赤脚顺流而上，翻开被溪流冲刷得光滑圆润的石头，去捕捉小螃蟹。春天的溪水泛出的寒意，并不能遏制一个少年探索自然的好奇与惬意。

当然，那时我们对祭奠孙中山先生的历史和人文意义同样没有丝毫感觉，而是比赛谁先一口气跑上四百多级台阶的中山墓，在半山腰用手掌窝成喇叭状，大声喊山，欲听紫金山的空谷回音。

其实，我最喜欢的去处是音乐台，环绕的长廊，分割成块状的斜坡上的绿草坪，水池和喷泉，舞台和照壁，都充满着童话般的情境。这里的建筑风景，让我想起了童年搭积木开始的对西方建筑风景的迷幻感觉。多少年后，当我踏入欧洲城市时，深深地被人工建筑风景与自然风景融为一体的艺术奇观所震撼，尤其是文艺复兴时期的巴洛克风格和洛可可风格，让人类仿佛走进了童话般的世界。然而，在南京，也许只有在这里才能让人感受到自然风景和人文建筑风景优美融合的艺术性。

躺在那样充满着诗意的草坪上，我们打开了1960年代简陋的铝皮饭盒，犹如阿里巴巴打开了藏宝的大门那样欣喜，因为那时我们并不知世上还有一个叫作潘多拉的盒子。那是一个仍然饥饿的年代，衡量一个家庭贫富的标准，打开饭盒就一目了然：多数是烧饼油条加上两个煮鸡蛋和萝卜干，就着水壶里的凉水，能够饱餐，已然是丰盛的高级午餐了；极少数奢侈一点的是用被油浸成了半透明的包装纸包着的几只圆形鸡蛋糕，加上一瓶牛奶和几颗巧克力；最差的就是白米饭加上一些无肉的炒雪里蕻。春游时的午餐也是一道少年儿童的人文风景线。

灵谷寺倒是阴森寂静，高大的松柏遮蔽了阳光，孩子们喜欢那里的夏天，虫鸣鸟叫，空气清新，凉爽宜人。在树下小憩，嗦一口"马头牌"赤豆冰棒，听空谷鸟鸣，心旷神怡。

那时我们并不知道这里有一个名人墓群，对谭延闿和邓演达二人规模盛大的墓冢毫无感觉，因为我们不懂历史。两三年后他们的坟墓被毁，才知道这些人乃"反动"的国民党人，更不知晓灵谷塔乃北伐革命军将士的纪念塔。虽然我们经常在这里悄悄地走过，在树荫下聆听着虫鸟的鸣叫，却没有听到一丝历史的回声。

走过美龄宫，听说宋美龄曾经在这里用牛奶洗澡，就确信"四大家族"的腐败不容置疑了。而对一群刚刚从饥饿线上挣扎过来的孩子们来说，争论的焦点却是：宋美龄洗过澡的牛奶究竟能不能喝？面红耳赤的逻辑前提则是建立在共同的价值观基础上的，那就是，牛奶总不能倒掉吧！一方的观点是，洗脚洗屁股的牛奶喝下去太"异怪"了；另一方的观点是，加热消毒后喝下去肯定没问题。再后来，我们真的在报纸上看到了美国因为通货膨胀，资本家把整桶整桶的牛奶倒进河里的新闻，于是坚信这种反人性的行为是一种深重的罪孽。

于是，路过无梁殿时，在黑黢黢的屋子里，看到许多人打着手电筒在看墙上镌刻的所谓国民革命军烈士的名录，便不屑一顾，拂袖而去了。

我们最喜欢爬野山，却惧怕传说中的紫金山上的狼和野猪，于是成群结队地去爬山。队伍从山脚下一字排开，一声哨响，顺着了无人迹的草丛、灌木和高大的树木，向上奔跑，一口气就爬上了四百多米高的头陀岭。站在南京城的最高处，在没有高楼大厦的时代一览众屋小，顿觉自己高大起来了，便满怀激情地歌咏起伟人的诗词："问苍茫大地，谁主沉浮？"这样的灵魂呐喊就是这样植入我们这一代人灵魂深处的。

春游去玄武湖也是一种规定动作，那里的景色是古人改造过的自然风景。徜徉在这种半自然半人工的曾经的皇家风景区里，我们最感兴趣的当属去湖里划船了，但那时的中学生囊中羞涩，于是，大家凑份子集钱买舟下湖，在《让我们荡起双桨》的歌声中疯狂地划动单桨。

南方少年似乎更亲近水，除了去中山陵的二道坝宽阔清澈的河水中去游泳，以及偶尔去过一次紫霞湖，经常有人溺水而亡的事实毕竟让我们不敢造次，所以一次经历也就满足了少年的英雄心，成为吹嘘的本钱。最难忘的却是我们那次去南京郊区高桥门支农的经历。

打着背包，我们步行了二十多里地，来到了高桥镇。现如今它是南京江宁区离南京中心地带最近的郊区，当时却是一个十分简陋的村镇过路通衢。

这里的水系是外秦淮河的一个支流，离我家的直线距离只隔一个大校场，在我家窗口看这外秦淮河的远帆犹似咫尺之遥，其实路程很远，因为沿公路须得绕上一大圈。

背包刚放下，我们就急着去看这座公路桥。所谓高桥，就是一座单孔桥悬在公路之下，我们就住在桥边的仓库里。我第一眼就瞧见了那条拴在桥下的小船，约上一个要好的同学拾级而下，直插河底，我们兴奋地用竹篙撑船，学习成绩一般，玩耍时却绝顶聪明的我们，不到一个小时就熟悉了船性，能够用篙撑船了。我们激动地穿过了桥洞，不知不觉来到了孤鹜落霞时分，远处白帆点点，落日的余晖把岸边的男女身影勾勒出金色的轮廓，看着站在桥头坡畈上的同学正在用大木桶盛着晚饭粥，我俩骄傲地挥手致意，那一风景从此定格在我脑海中。

我们住在四面透风的仓库里，仓库中间用芦席一分为二，外间住男生，里间住女生，一水全是稻草铺就、芦席作垫的大通铺。男生这边门口放了一只大粪桶，晚间起夜，那激越的银瓶乍浆冲浪声，划破了屋内的寂静，让我这个夜间有一点响声就辗转反侧者罢听不行，欲怒不能。这边冲浪余音未平，那边梦呓女声又起，好不容易归入死寂，俄顷，磨牙声骤起，搅得周遭不宁，仿佛进了鼠窝……

东方既白，旭日东升，喝完稀粥，我们去田间劳动，"喜看稻菽千重浪"的风景已经不能勾起少年的观赏欲望了。捆稻把、挑稻把、拾稻穗的农活虽不是什么重体力活，却也让我们这些城里的"少爷""小姐"感觉极度疲惫，倍感时间漫长难熬，尤其到了十点钟后，肚子里的两碗稀粥早已化作遗矢，盼望着，盼望着那收工的钟声响起。终于，钟声响起了，男生狼奔豕突般地冲进桥边的食堂，饿鬼似的抢饭吃。当时是由体育委员实行定量分配，吃完了自己那份后，大家仍然觉得肚囊空空如也。体育委员说，早上还剩一点稀饭分给大家，众生望着大锅里的一层厚厚的锅巴，顿时敲起了饭盒，齐声高呼"要锅巴，不要冷稀饭"的口号，因为其时全国大游行的口号就是："要古巴，不要美国佬!"于是，会闹的孩子有奶吃，每人分得一块城里人没有吃过的大锅饭里金黄色香脆的锅巴，便如阿Q似的，心满意足地快快离去。

一个星期很快就过去了，离开南京郊区时，我带着从河里捕捞到的小鱼儿，装在敞口罐头瓶里带回家。那鱼很快就死去了，而那高桥门的少年风景却始终不死。

2022 年 8 月 7 日于南大和园
10 月 21 日改定

辑　三

彷徨在城市与自然风景的十字路口

公园往往成为一个城市的风景地标，世界上许许多多国家的城市公园过去都是私家花园，不是皇家的，是大庄园主所拥有的，当然，被美国人骄傲地称之为"地球上独一无二的神奇乐园"，也是世界上第一座国家公园的黄石公园，面积竟达近九千平方公里，但那不是归属于哪个城市的公园，而是公园城市。

那么，属于城市风景一个有机组成部分的公园，我见过的最美的是具有法国古典主义特色的皇家园林凡尔赛宫，尽管金碧辉煌的圣彼得堡夏宫也是皇家园林杰作，但比起偌大的凡尔赛宫中广袤的绿植、精美的雕塑、遍野的喷泉、美丽的花圃、一望无际的森林和花野还是稍逊一筹，凡尔赛宫将人工雕琢的精美和大自然风景的巧妙结合做到了极致，让人沉浸陶醉在天上人间的美境中。森林、河流、湿地、瀑布被设计师巧妙地布局在这片广袤的土地上，成为世界园林史上巧夺天工的垂范之作。法国大革命前，这里拥有八千公顷土地，如今只剩下十分之一，但仍然是十分壮观的城市风景园林。

所有这些都是集游牧文明和农耕文明之精华的人工再造，那么，倘若将它们与原始的大自然天然去雕饰的美景相比，谁更加美丽呢？这似乎是一个伪命题，恐怕大多数人的回答都是一样的：两种形态的美我都喜欢！是的，从一个游历者的眼光来看，阅尽人间春色，无论什么形态的景观，自然的也好，人文的也罢，只要是景色，我们认为都是赏心悦目的，都能作为摄影机中美色的取景，尤其是对十九世纪兴起的"画境游"的专业旅行者来说，他们能够从中获得更多的人文思考。但是，对一个环境保护主义者来说，他们却会对人工打造出的城市风景的工业化产品嗤之以鼻。

这是人类所面临的审美困惑，如何看待两种形态的风景，实际上已经形成自然风景和人文风景在观念上的激烈碰撞，只是人类习焉不察而已。

其实，当十九世纪自然生态写作者梭罗写下了由十八篇散文组成的《瓦尔登湖》的时候，他就纠结在自己设置的悖反逻辑的困惑中了，一方面是对工业文明的蔑视与仇恨，另一方面是对自然原始文明的赞美，以及对农耕文明的深刻眷恋。人类所有的教科书都把这篇作品当作人与自然和谐共处的经典范文来捧读，我第一次抵达瓦尔登湖的时候也是这么想的。但是，当我第二次抵达瓦尔登湖的时候，我就开始思考人类与自然和谐相处背后的另一个重要的问题了——人类在不断发展进步的过程中，从原始文明到游牧文明、农业文明、工业文明，再到后工业文明，任何一种文明形态中都有其自身的风景特征，它造就了各个时代不同的艺术风景风格与画派，以及各种各样的文学作品的描写艺术特色，意即，我们不能用某个时代的审美需求去否定其他时代的艺术风格。其实，梭罗并不想做一个在孤岛上生活的鲁滨逊，而每一个现代人都不想成为远离现代文明的原始人。

显然，梭罗是站在原始文明和农业文明的视角来否定工业文明的，因为大工业生产不仅破坏了自然生态环境，同时还戕害了人类宁静的生活方式和生活理念，前者直接催发了 1960 年代卡森在《寂静的春天》中对人类生态环境危机的思考，正式升起了生态保护主义的大旗；后者不得不重新将苏格拉底最古老的哲学命题——"我是谁"放到了二十世纪人类两种文明撞击的交汇点上，因为人类知道自己已经生活在了两难选择的语境之中。

我在瓦尔登湖边想到的是：一个文学艺术家应该不应该、能够不能够做一根会思考的芦苇，这应该不是个伪问题，因为我看到了离群索居投入大自然怀抱的梭罗，不能离开的是农田里的原始劳作；更不能离开与故乡人的交流，虽然只是和农民的朴素交流；甚至也不能离开工业文明给他带来的便利，比如电和生活用品。

我常常在想，两年多与人类半隔绝的生活状态，是梭罗的一种人类学的田野实验吗？《瓦尔登湖》就是一个以文学的名义绑定的人类社会学的象征物，实际上它就是一所天然的自然风景实验室。

因此，价值判断的正确和准确与否，似乎成了一个重大的人文命题，文学艺术家在创作的过程中要不要进行判断，怎么去判断，的确是一直萦绕在我脑际的问题。

跳过游牧文明、农耕文明、工业文明的风景画面，当我们从充满着后工业文明的城市环境，直接走到原始自然环境中（我这里所说的自然生态风景主要是指那种没有被过度开发的原始风景，排除那些充满商业化氛围的风景区），巨大的风景落差，让我们看到了人类在这个星球上的眩惑。

在中国边疆城市的边缘，那里有广阔无垠的雪山草地，那里有大片广袤的森林湿地和热带雨林，那里有各种各样的野生动物和千奇百怪的飞禽鸟类，是动物和植物自由自在生长的天堂。

当我在雪域高原那几亿年形成的巨大、隆起的地壳面前时，我感到了人类的渺小；当我在大草原上看到了大大小小"海子"湿地的时候，我看到的是动植物顽强的生命力；当我站在大峡谷和大瀑布的壮观奇景中的时候，我惊叹大自然的鬼斧神工……这一切巨大的原始风景画，瞬间产生的浪漫主义美感，让我忘却和战胜了人世间一切渺小的生存观念和生活方式。然而，一俟你走出了这样的风景画，巨大的失落就来自于——又回到了现实生活的大地上，隐入了高楼林立的水泥密林中。看着城市里灯火辉煌的后现代街市里灯红酒绿的生活场景，两种文明的巨大反差让人不能自已，久久徘徊。

面对这样的风景，作家如何描写，艺术家怎么摹画，要不要植入自我的情感？是客观的自然主义笔法呈现，还是主观的抒情浪漫的情绪植入？是的，作家和艺术家有着自由的选择，各有各的不同，也各有各的相同。

在中国不断城市化的扩张进程中，我们看到了一种十分奇特的城市景观：一面是高耸入云的大楼和阡陌纵横的街道，以及星罗棋布的现代电子监控系统；另一面是依山傍水的湖泊湿地，这里聚集着几种不同形态的文明风景，我不知道这里是不是作家们可以描写的"新自然文学""新游牧文学""新乡土文学""新工业文学"和"后现代文学"之地，也不知道这是不是艺术家们可以绘制出的几种文明景观混杂在一起的奇特风景。

走进城市的边缘，你看到了群鸟飞翔，万鸟栖息在湖面上、湿地里、山林中的壮观风景，你甚至可以在有些城市中心地带的树林里，看到松鼠之类的小动物在欢乐地嬉戏；你看到了一望无际的稻菽在风中摇曳，看到了麦浪滚滚田野上空云雀在飞翔；甚至你可以在繁华的边疆城市边缘地带，看到辽阔草原上的"海子"里原生态的自然风景，它的粗犷要比经过人工修葺的海更具原始风貌；你也可以看到边地现代化的城市犹如城堡一样，被包围在雪山高原绿色苍茫森林的风景画之中，仿佛汪洋大海里的一座孤岛……

所有这些城市与自然、城市与乡村、城市与现代文明融为一体的景象，构成的是中国乃至不同人群看待风景的不同世界观，更确切地说，我们站在城市与自然、城市与旧有文明的十字路口彷徨，在一种充满着悖论的眩惑中不知"往哪里去"，虽然我们似乎已经弄清楚了"我从哪里来"。

每天清晨，我走过城市边缘的湖泊与湿地，看着贴着湖水飞翔的白鹤，便想起了梭罗那一段对并不十分美丽的瓦尔登湖的描写："湖是风景中最美丽、最富于表情的姿容。它是大地的眼睛，观看着它的人也可以衡量自身天性的深度。湖边的树是眼睛边上细长的睫毛，而四周郁郁葱葱的群山和悬崖，则是眼睛上的眉毛。"这段拟人化的风景描写，恰恰就是在回应一个人类审美新角度的问题——我们看待自然是"衡量自身天性的深度"，不过，这个"天性"并非是先天的存在，而是通过自身不断阅读书籍、阅读人间风景，通过反反复复琢磨出来的后天的经验所积累下来的认知判断。唯有此，我们才能在风景的十字路口获得彷徨的权利，不至于在毫无思考能力的情况下，掉进那种"无注意后意识"的单一审美选择的陷阱中。

人类学家早就把人定义成为一种会思考的高级灵长动物了，然而，当我伫立在湖岸湿地边，看到也同样伫立在水边一动不动的白鹤时，我们能够用呆若木鸡来形容它吗？它望着平静的水面和干涸的湿地，望着水面上漂浮着的白色塑料泡沫，难道不是在用那容量极少的小脑袋思考它们的异类对大自然的种种行为吗？尽管它会羡慕人类用极其先进的科学手段去攫取大自然的资源，尽情享受生活的乐趣。

当我走过那个用铁栅栏围起的校园里的大片草坪时，仿佛置身于加拿大和美国的大庄园之中，在大都市里的校园里竟然有着几十亩绿茵茵的草坪，那是都市里的皇家公园都无法比拟的奢侈风景，真的是太凡尔赛了。

于是，我想起了英国艺术理论家马尔科姆·安德鲁斯在《风景与西方艺术》一书中所阐释的艺术美学观念："每个城市都表现在景观的包围之中，而毗邻的乡村领土就被认为是城市的景观。按照地形学的观点来看，周围环境的景观作为自然背景服务于肖像画的主体——城市，而环境则被理解为城市领地中的一部分。""风景：副产品，是一种对土地的表述，包括了山脉、森林、城堡、海洋、河谷、废墟、飞岩、城市、乡镇，以及所有我们视野范围内所展示的东西。在一幅画中，所有这些非主体或非主题的东西就是风景、副产品或附属物。"无疑，这些被画家和作家忽略了的城市和乡村的副产品和附属物，正是风景艺术和风景描写最具审美功能的素材和题材，尤其是中国城市化进程中为人类留下的种种值得思考的悖论问卷，才是作家和艺术家发掘艺术作品的宝藏。

马尔科姆·安德鲁斯在《寻找如画美》一书中提到，约翰·克莱尔在他的散文中有一段这样的描写："每当一处自然的景物令我想起我喜爱的一些作家所描写的诗歌意象时，我总会欣喜不已……一个小丑也许会说他喜爱清晨，但是一个'有趣味的人'会在更高层次上感受清晨，他不禁想起了汤姆逊的美丽诗句'柔眼的清晨，露水的母亲'。"我是一个喜爱清晨的小丑，但我希望中国的作家和艺术家做一个"有趣的人"，因为他们是风景画的执笔者。

而且，安德鲁斯并没有看到这些"非主体或非主题的东西"具有丰富巨大的人文内涵——它是一件作品抵达艺术巅峰不可或缺的崎岖通道，尽管可能是羊肠小道，然而只要看清楚了这条道路抵达的目标，你就可能创造奇迹。

我们的作家和艺术家睁开了那双观察城市和自然风景边界线的天眼了吗？

2022 年 11 月 1 日 19 时初稿于南大和园

11 月 2 日 9:20 完稿于南大和园

自然生态的风景画与国家文化身份认同

正在重读美国"哈德逊画派"的绘画，被十九世纪初出生于英国的美国人托马斯·科尔创立的这个画派的风景画所吸引。这个崇尚自然的画家居然把画室搬到哈德逊河边，用浪漫主义的色调绘制了许多迷人的风景画。毫无疑问，他的自然生态油画是对大自然的讴歌，让人想起了同时期的美国自然生态理论的奠基人爱默生，更让人自然联想到爱默生的学生亨利·大卫·梭罗那部震惊世界的散文集《瓦尔登湖》——它让人类进入了人与自然的沉思之中。

如何分析美国"哈德逊画派"风景画的特色，以及它们的主题表达呢？我试图从科尔的五部曲系列"历史寓言画"《帝国的历程》中寻找答案——作为文化符号的风景画是如何进入美国人的精神领地里的。

恰恰就在此时，我看到了南京大学历史学院青年学者姚念达发表在《历史研究》上的《荒野、画布和国家：哈德逊河画派与美国国家身份意识的塑造》一文，立刻有茅塞顿开之感，新的角度触发了全新的宏观思考。姚念达从"环境史"的角度分析了"哈德逊画派"对于美国人的国家"集体无意识"——自然、荒野一旦被搁置在艺术家的画布上，作为一种文化符号的徽标，它就会深深地扎根在一个国家的文化意识之中，即便这个国家由再多的种族组合而成，也丝毫不能阻遏共同文化意识的建构与认同，当艺术家和作家把这种意识变成形象的视觉和感觉时，风景画就成为一个国家文化精神的地标。从这个意义上来说，只有两百多年历史的美国风景画是涂抹在自然荒野之上的精神徽标。而有着几千年文明历史的中国，我们的风景画是画在什么样的画布上的呢？这是一个超越艺术和文学的哈姆雷特之问，值得我们深思。

姚念达认为："哈德逊河画派的画作在美国建国之初强化了美国人意识中'新世界'相对于'旧世界'的优越感，并通过图像符号的传播塑造了美国人共同的空间想象。"从历史的角度来看，这是一个毋庸置疑的正确结论，但科尔生活在一个前工业文明的时代里，他从这个时代的背影里寻觅到了所要表达的主题。我们从科尔的《卡茨基尔的日出》《美国白山峡谷》《从麻州北安普敦霍利约克山眺望雷雨过后的牛轭湖》的画面中读到了在这片荒凉的土地上无比壮丽的自然景观，风景画唤起了生长在这片土地上的人在思考人与自然关系时的独特视角。当然，桑福德·罗宾逊·吉福德的那幅《山中峡谷（卡特斯基尔峡谷）》更是用瑰丽恢宏的气势讴歌了自然世界鬼斧神工的壮丽风景。其所有的主题指向都是对自然风景画的全新阐释。

作为科尔的学生，也是第二代美国"哈德逊画派"的领袖人物，弗雷德里克·埃德温·丘奇创造了富于理想主义色彩的广阔自然风景画，其代表作《安第斯山脉之心》最拿魂之处竟是那湍急而平静流淌着的小溪瀑布，这颗"自然之心"浇灌了几代美国人的心田。当然，就个人喜好的偏见来说，我更喜欢的是这个画派中德裔美国人阿尔伯特·比尔施塔特那种优美宁静的浪漫主义抒写。《优胜美地山谷的默塞德河》风景画面中的纯粹技术主义的光影与柔和的色彩，仿佛使人进入仙境，画家将细微的人物、小船以及牛羊处理成大自然之子，也许这就是他对这个国家认同的阐释吧，这在他的《落基山脉，兰德峰》中显得更为突出，优美壮丽的大自然景象在水与山动静相宜的画面中的显影效果自不必说，山脉之心的瀑布仍然明亮地占据着画面中央。值得注意的是，在我看到的许多"哈德逊画派"作品中，第一次看到了画幅中出现如此多的人群、牛羊群和帐篷，早期西部游牧文明的生活气息跃然画布之上。画家给出的主题为：人究竟为自然之子，还是自然的主人呢？"旧世界"并没有被打得落花流水，它的视觉影像往往被作为艺术画面的重现，回到了现实世界当中，来到了人们的梦境之中。

更值得注意的是，二战以后，当二十世纪的美国人面临后工业时代即将到来，新兴资产阶级的崛起给世界和人类带来祸福时，就不再思考十九世纪工业革命给自然生态和人性带来的戕害，转而思考什么才是人类生存面临的现实问题了。那本由亨利·斯蒂尔康马杰撰写的《美国精神》风靡一时，为新旧交替中的二十世纪开始城市化的"美国精神"张目——以达尔文"物竞天择，适者生存"进化论为轴心的哲学漫漶了十九世纪美国人对自然和野性的崇拜。

但是，文学往往是对社会思潮的一种反抗，在美国文学中，我并不认为杰克·伦敦"荒野文学"中"野性的呼唤"是对进化论的一种呼应，而是一种充满着对现代社会悲观情绪的反抗，直到英国诗人艾略特对"荒原"的现代回应，都是一种文学反抗的象喻。亦如弗洛伊德所言："我们的文明充满着这样的苦难和不幸，其本身就应该受到谴责，我们如果将其全部抛弃，回复到原始状态，我们就将更加幸福。"言辞虽然过激，却成为文学回归自然、反抗和批判现实的一种思想武器。如果你在斯坦贝克《愤怒的葡萄》中仅仅看到作者对资本主义工业社会的控诉，是不够深刻的，必须看到那种崇尚自然、回归农耕的情结仍然是根植在美国人心灵深处的精神故乡，正如"迷惘的一代"作家托马斯·沃尔夫在《美国序幕》中说的那样："我相信我们在美国这里迷了路。"

"迷惘的一代"中产生了许多美国大作家，如菲茨杰拉德、福克纳、海明威这样世界著名的作家，原因就在于他们都站在现实背景的反面去观察社会，从文学滥觞之地的自然风景和原始人性中汲取营养。正如菲茨杰拉德在《了不起的盖茨比》中调侃似的说："我们来自远方，我们的梦想却那么近，看起来想不实现都难，然而我们并不知道，梦早已破碎。我们继续奋力向前，逆水行舟，被不断地向后推，直至回到往昔岁月。"他作品中那种对往昔岁月的深刻眷恋，正是一种美国传统的"荒野"意识融入作品的象征。福克纳和海明威却是人类信仰的乐观者，正如海明威在《永别了，武器》里说的那样："生活总是让我们遍体鳞伤，但到后来，那些受伤的地方一定会变成我们最强壮的地方。"然而，就是这样一个乐观主义者的硬汉，最终用猎枪结束了自己的生命。

对他的自杀有着各种各样的猜测，我更相信是他的精神疾病导致了他对自己的"美国梦"开枪，为自己的文学梦想送行。从这个角度来说，他是否愿意回到自然荒野的精神故乡去呢？真不好说。

也许，在二十一世纪文学艺术中的美国精神阐释里程碑上要镌刻上电影《荒野猎人》的名字，像"哈德逊画派"一样，当格拉斯沐浴在落基山的落日余晖中时，那种对"野性的呼唤"又一次震撼了美国人，唤起了他们对远古的原始自然形态文明秩序的记忆，以及对现代文明的沉思和回归荒野的愿景。

但是，自然风景影像可以用倒片的方式重放，人类文明的进程可以回头倒行吗？这是自然生态文明的艰难命题，也是人类生存的艰难选择。如果让哲学家、历史学家和文学家同时回答这个问题，答案肯定是不一样的。当然，中国作家和美国作家的回答也是不一样的。

中国文化与美国文化本质的不同是，我们有着延绵几千年的历史文化，但我们的疆土却没有美国、加拿大那么辽阔，人口也比他们多出了好多倍，荒凉的土地资源是他们在自然生态环境中获得国家认同的精神基础，正如科尔所言："我们拥有无限宏伟壮阔的自然风光，这就是我们国家相比于其他国家优越的地方。"

我遐想，加拿大国旗上的那枚枫叶，是不是隐喻着自然生态资源才是他们精神的高地呢？即便像俄罗斯那样也有着辽阔的土地资源的国家，远东西伯利亚的荒原，他们并不在意，但他们也拥有荒野的骄傲。只是，他们没有像美国人那样崇尚自然，他们能够引以为豪的是，文学成为被别国认为的国家文化认同的基石。

中国曾经有幅员辽阔的疆土，也是多民族的国家，成吉思汗之所以被称为"一代天骄"，也因为历史上疆土扩张，使得荒凉的土地成为国家资源的属地，即便是飞地，也令人叹为观止。倘若疆土的历史钟表停滞在八百年前，荒野也许会成为中国风景画上的精神地标，其国家文化认同或许也是以自然景观为徽标的，这是我站在海参崴那个巨大的城徽锚链上所想到的。

在这个有着悠久农业文明历史的大国里，养育众多民族的长江黄河自然成为中国的精神象征。显然，它们是自然的归属。倘若有人把长城作为国家文化认同的地标，就脱离了自然生态的意象，这种人工的建筑物是非自然的物象，虽然充满着人文精神，但如果让它成为国家文化认同的标志，人文意义强烈的同时却削弱了更加深邃的文化内涵。

我们与人类同步进入了二十一世纪的"新世界"，浪漫主义的"伊甸园"风景画是否会在自然生态保护语境中重新复活？这是一个二律背反的命题——从人类不断追求丰富而奢华的物质生活本能而言，城市化空间越是发达，越是便利，越是秩序化，就越能满足生存的需求；而那些越是原始的，越是自然的，越是去除了人工痕迹的风景，就越能够吸引观众。但凡景色极好的旅游地，都是没有被文明过滤的原始自然的风景区域，因为人们想回到风景如画的艺术故乡去精神度假，追寻自身在喧嚣的后现代城市文明中所无法得到的浪漫餍足。这几乎是全人类共同的集体无意识。

　　每天清晨，我走过一个"四叠纪"时代地貌风景的区间，融入原始文明、农耕文明、工业文明和后工业文明的风景画中：原始的丘陵山谷、自然的湖泊湿地、成群的飞鸟和踽踽独行的野兽；梯田、菜畦和养殖场；倒伏的烟囱和废弃生锈机器；整齐的街道两旁名贵的树木，以及周边建造的一个个公园；没有烟囱寂静无声的电子生产的流水线……统统集中在这一块尴尬的文化叠加土地上，作为一个艺术家和文学家，他们应该如何表现充满着悖论的城市风景线呢？

　　我对肯尼斯·克拉克在《风景入画》一书中对梵·高风景画的评价记忆犹深，克拉克引用梵·高那句充满着深奥哲理的话说，"我吃掉了自然"！以此来阐释印象派大师梵·高"将这种悲剧意识带回到了现代艺术之中；并且像尼采和罗斯金那样，在疯狂中追求对十九世纪唯物主义唯一可能的逃避"。梵·高的逃避是艺术的隐喻，他没有像"哈德逊画派"那样直接用荒野的自然风景来表达最鲜活的美国文化认同和美国精神，然而，有几个人会像克拉克这样去看梵·高笔下那令人费解的画面呢。

　　倒是克拉克在此书第一章"象征风景"开头的一段话，更能让人接受："我们的四周环绕着非我们所创造的事物，它们有着不同于我们的生命与构造：树木，花朵，青草，江河，山峦，云彩。多少世纪以来，它们一直激发着我们的好奇与敬畏之心。它们是令人愉快的事物。我们通过想象力将它们重新创造出来就是为了反映我们的心境，当我们对之进行思考时便提出了一个观念，我们称之为自然。风景画标志着我们理解自然的不同阶段。自从中世纪以来，他的产生和发展是人类精神试图与周围环境和谐循环的一部分。"

是的，站在人类文明的十字路口，我们会毫不犹豫地站在作家和艺术家的风景画旁驻足观赏，回到浪漫理想的乌托邦的梦境之中，完成一场温柔梦乡的"画境游"。然而，当你从梦中醒来，面对现实生活困境的时刻，你会毫不犹豫地舍弃自然生态主义理念，因为它会阻遏你在现实生态环境中的现代文明生活秩序。

我们究竟要活在什么样的生态文明的文化语境中，这是一个问题。"哈德逊画派"优美的自然风景画让人产生不可抗拒的精神诱惑和愉悦；现代与后现代的生存方式和生活方式却又成为人类通往自由和浪漫的巨大障碍。于是，那种产生共同文化认同的集体无意识已经无法在这个后现代文化语境中存活了，不要说远古的原始自然的风景线在逐渐消逝，就连农耕文明和工业文明的痕迹都在高度城市化的文化语境中被悄悄地抹去，工业文明也是时代的最后一抹夕阳。

我们歌咏自然生态，我们呼唤野性，只能限于文学艺术的表现吗？

2022 年 11 月 7 日 16:15 写于南大和园

自然描写的悖论与作家书写的价值眩惑

倘若需要厘清文学中对自然描写的历史逻辑，首要的问题可能就在于作家和批评家必须搞清楚自身所处的历史背景现场，以及面对复杂而巨大的人类生存悖论，我们应该站在什么样的价值立场上来书写自然。

每天清晨，我行走在自己居住的丘陵湖泊地带，常常顺着美国作家梭罗的思路去思考自己对自然的理解，得出的答案就和梭罗的理论有所差异。显然，我们所处的时代和梭罗所处的时代已经有了明显的区别，也就是说，当工业文明刚刚侵袭自然生物形态的时候，但凡一个有良知的作家，都会以一个反抗者的姿态，以生动的文学笔触去描写并讴歌大自然的美丽，去抨击破坏自然的行为，这是没有错的，这也已经成为自然文学与文学自然书写的优秀传统。

然而，当我发现自己每天都走在"四叠纪"的自然景物之中时，我顿悟出了我们所处的文化语境已经完全不是前工业文明时代那种简单的历史反抗逻辑所能够解释的复杂语境了。所谓"四叠纪"，就是"原始自然文明""农耕文明""工业文明"和"后工业文明"四种文明形态并置于一种时空的文化格局，我不敢说这种"四叠纪"的文明形态已经覆盖全球，但是，在大多数的国家，这种文明形态都会叠印在广袤的自然风景和人文风景里。

是的，这里有着原始植被的树林和湿地，彰显出梭罗所追求的那种自然形态的杂乱之美；这里有着农耕文明的痕迹，菜畦和农田里生长着郁郁葱葱的农作物；这里有工业文明遗留下来的旧式厂房，仍然生产着市场需求的工业产品；这里还有无声无息的后工业文明的操作车间，生产出的是电子产品，周遭看似美丽的树木和绿色植被，却连一只鸟儿都不能飞过，电子辐射拒绝了飞禽作为"闯入者"的签证。于是，作为生态保护主义者，我们必须站在梭罗的立场上，也是站在以自然为中心的立场上，来谴责人类的丑行。

由此，我牵出的话题，其实就是描写自然的价值观问题——用"以自然为中心"还是用"以人类为中心"来指导我们的创作和批评，这才是一切人文学科学者，包括作家在内的人，必须认知的哲学命题，这也是当今人类生存悖论的焦点问题，当然也就成为作家描写自然时无可回避的核心问题。

三十年前，我明确站在"人类中心主义"的价值立场上对"自然中心主义"提出了质疑，认为只有人类才能改变自然和保护自然，世界上一切物种都没有能力去做到这一点，因为人类是有思想的动物。面对着后工业文明在中国的漫漶，我在人类面临着的巨大生存悖论面前开始动摇，便寄希望在"人类中心主义"和"自然中心主义"之间建构一种辩证的价值体系。

无疑，当今世界在工业文明和后工业文明狂风暴雨般的涤荡中，不仅让原始的自然生态文明遭受到了极其严重的摧毁，而且让延绵几千年的传统农业文明形态也遭到了空前的破坏，这是必须遭受谴责的现象。但是，人类文明的进程又不得不付出这种代价，这就是历史的逻辑。当然，这并不是简单用达尔文主义就可以解释的世界难题，问题是人类如何把这种破坏性降到最低值，达到人与自然基本和谐共处的状态。于是，在林林总总的人与自然的冲突中，我们的作家描写会处在一种什么样的价值判断中，就决定了他的写作高度、广度和深度。

为什么人们都十分青睐回归自然的作家作品呢？原因不外乎有二：一方面是工业文明和后工业文明带来的巨大生活压力，让人成为卓别林"摩登时代"影像中的机器人，人永远在机械的动态中生存，他们渴望回到静态的生存环境中去，原始自然静止的风景成为人们的精神栖居地。慢节奏的农耕文明生活方式，比快节奏的工业文明舒适惬意得多，因为它能够舒缓人的心境，慢和平静始终是人类的精神止痛膏；另一方面，工业文明和后工业文明对自然风景和农耕风景的破坏，是对传统审美意识的一种解构，是从根本上颠覆人类的某种"集体无意识"——人类对自然和土地的敬畏与崇拜，已然成为一种超越时空、超越阶级、超越国别、超越政治的共同信仰，于是，这种对自然深刻的眷恋也是后工业文明时代晚宴上的一道审美大餐，也是作家取之不尽的创作富矿。

有许多人把自然书写与生态文学相提并论，当然，它们之间是有关联的，但是，两者之间不能画等号。生态文学是要改变环境，改造自然，而在梭罗那里，却是要求人"返归自然"，回到原始的生存方式之中，所以，他做出了一个令世界震惊的两年离群独居的人文实验，这才有了瓦尔登湖和湖边那间小屋的辉煌与灿烂。是的，这是文学描写的"北极圈"，那种久违了的原始自然风景，触发了人们在工业文明压迫下的情感释放，使他们从中得到了"回归大自然"的身心愉悦与精神上的审美餍足，以至于让"中国的梭罗"苇岸如醉如痴地放弃了诗歌创作，像梭罗那样走向大地和原野，踽踽独行地去思考人生的哲理。《大地上的事情》就是回到一个"有机"的原始自然状态，就像苇岸自己所说的："有一天人类将回顾他在大地上生存失败的开端，他将发现是1712年，那一年瓦特的前驱，一个名叫托马斯·纽科门的英格兰人，尝试为这个世界发明了第一台原始蒸汽机。"毋庸置疑，是"无机"时代的工业文明打破了大自然的宁静，让人类逐渐远离诗意的"有机"的自然形态的文明世界，因此，一种出自人性的自然反抗行为，赢得了政治上保守主义的支持，而更广泛的影响却是文学对社会生活意识形态的浪漫追求。

多少年来，梭罗的描写打动了世界上无数的读者，他这些美文成为文学教科书，我们在感性世界的层面折服于这样的自然抒写："我们常常忘掉，太阳照在我们耕作过的田地和照在草原与森林上一样，是不分轩轾的。它们都反射并吸收了它的光线，前者只是它每天眺望的图画中的一部分。在它看来，大地都给耕作得像花园一样。"作为梭罗的忠实读者，我总是像肯尼斯·克拉克欣赏风景画杰作那样，仔细地品味梭罗对自然的描写，里面也包含着对农耕文明的礼赞。

这里需要注释一下的是，作为一个从事乡土文学研究写作五十年的学人，我敏感地发现了一个不易觉察的问题——当人们将梭罗和苇岸都归于"返归自然"的作家时，千万不能忽略他俩同样迷恋农耕文明，他们都站在反抗工业文明侵袭的起跑线上，让许许多多作家都在跟跑。

然而，在理性层面，可以说，每一个生存在这个星球上的人都无法拒绝现代工业文明给人类带来的幸福。当我看到一个自然探险家来到非洲腹地中那个从不与外界接触的原始部落里，将打火机递到原始人手里的那一刻，一个钻木取火时代即将结束，不仅原始人感到兴奋，我也在亢奋中找到了一个新的答案：我们不能一边享受着现代物质文明给予的恩惠，一边又诅咒它的历史进步。如果像霍桑说的那样，梭罗"否定了一切正常的谋生之道，趋向于在文明人中过一种不为生计做任何有规则努力的印第安人式生活"，时空永远凝聚定格在原始的自然生存状态中，抑或生活在农耕文明繁重而恬静、贫穷而枯燥的生存状态中，我想，这些经历过现代文明给予的丰富物质与精神馈赠的人，谁能舍弃他所处的人文环境而走向原始的自然美景之中呢？大量的农村人口迁徙足以说明一切。

梭罗说："文明居住的这个充满着新奇的世界与其说是与人便利，不如说是令人叹绝，它的动人之处远多于实用之处；人们应当欣赏它，赞美它，而不是去使用它。"原始文明能够给人带来便利吗？尽管梭罗可以用农耕文明的生活方式去解决生计问题，但是他不能再用刀耕火种的生活方式生存，他还是要借助现代文明的手段来维持部分农耕收获，许多生活用品还是要去镇上购买的。

从这个意义上来说，人类是无法回到原始自然的，就像原始部落里的人群，一俟他们见到了现代文明的光，就不会放弃通往幸福之路。从这个意义上来说，人类只能通过文学作品的想象"返归自然"，亦如弗洛伊德的"白日梦"之说，以此满足人性的需求，这也是哲学家和科学家不能企及的。

梭罗在《瓦尔登湖》中说："我在我内心发现，我有一种追求更高的生活，或者说探索精神生活的本能，但我另外还有一种追求原始的行列和野生生活的本领。"正是他工作过的庄园的主人和精神导师爱默生把他送进了原始自然环境的追求之中，从此，瓦尔登湖就成为一种自然和精神的象征。正如爱默生在1862年5月9日写就的《梭罗小传》中所说："梭罗先生以全部的热爱将他的天赋献给了故乡的田野、山脉和河流，他让所有识字的美国人和海外的人了解它们，对它们感兴趣。"是的，两个世纪过去了，一次次工业革命的浪潮席卷而来的时刻，人们都不会忘记这个伟大的浪漫主义作家。

但是，我们能否用梭罗的行为去反抗工业文明和后工业文明带来的人类生存的悖论呢？

显然，原始自然的美丽风景线的逐渐消逝，给人类带来的心灵创痛是无法弥补的，同样，农耕文明的风景线——麦浪滚滚和金黄的稻菽千重浪，以及那漫山遍野的红高粱，已经成为人类难以抹去的集体记忆，它早已通过文学描写的传导，植入了民族的灵魂。对乡土文学中的风景记忆，成为各国作家尤其是中国作家的集体无意识。而这样的风景越是稀缺，就越会引起作家的眷恋，这种眷恋成为作家对"第二自然"的一种膜拜。这种现象在我国这样一个有着悠久农耕文明的国度尤甚，乃至于我们的文学创作久久沉湎于固化了的审美乡土语境中不能自拔，不能走出传统美学的泥淖。

但是，历史的发展往往不以人的意志为转移，我们在谴责工业文明和后工业文明对自然的摧毁时，是不能也无法让现代文明的科技脚步停下来的，关键问题就是我们如何在营造两者和谐共处的文化氛围中建构一个更加合理的制度。所以，作家应该清醒地认识到这种文化悖论给文学创作的价值理念带来的眩惑，以及它们背后的一些深层理念所产生的新观念认知。当然，无论是唱赞歌也好，唱挽歌也罢，那是作家自己艺术风格的选择，但是，新的认知是必需的。

反转镜头，当我们从另外一个角度去认知"人类中心主义"的时候，你就会发现许多人走入了人与自然的认知盲区，这就是"人定胜天"的理念让我们失去了对自然的敬畏与恐惧之心，尤其是现代文明的傲慢，让人类文明偏航，以为智能机器可以解决人类所有的问题，包括对自然的征服，这同样是一种无知。

当我看到龙卷风巨大的螺旋体扫荡高楼大厦如踩死蝼蚁一样轻松的画面时，当我看到海啸大潮席卷着一切建筑与物种时，当我看到泥石流汹涌掠过村庄和田野时，当我看到四十多度的高温天气让湿地干涸、白鹭在龟裂的河床上踯躅徘徊无法觅食时，当我看到斑鸠因烈日烤炙坠落在柏油马路上渐渐死去时，当我看到原先碧树成林的山上被高温灼烤得生出了枯萎的黄色秃斑时……就想到人类显得如此渺小和无能为力。这倒是给反映自然灾害主题的作家提供了最好的题材，只有悲剧才能拯救人类对自然理解的狂妄和无知。

我们是谁？我们走向哪里？这是自然书写作家彷徨于文化和文学悖论之间时必须思考的问题。

2022 年 8 月 19 日写于南大和园

辑　四

豁蒙楼上话豁蒙

这许多年来，几乎每天路过鸡笼山脚下，都没有再到鸡鸣寺上去游历一番。其中最主要的原因是怕一上山就搅破了少年时登临此寺的美好记忆。

1960 年代初，为了吃鸡鸣寺里的麻油素菜包子，曾经二上鸡鸣寺。若不是赶上香会，那里倒是个清净的去处，拾级登临此寺最高处，便是豁蒙楼和景阳楼，许多大中学生和文人墨客叫上一壶茶，就着素面点心，在这里读上一天书，不可不谓最惬意的事。1970 年代读到胡适《尝试集》中那豁蒙楼月夜小景下一对情人相对无语的情景和意境时，不免对那斑驳的古寺增添了几多亲近与眷恋。近读长辈友人忆明珠先生那篇《鸡鸣寺》的散文，更激起一种怀旧之感：

> 这里且说三十年前的我，不，是我在三十年前，每游鸡鸣寺，不去别处，总是径直走向豁蒙楼寻个座位，喊壶茶来，慢慢地品啜。那时游客寥寥，偶尔可闻隔座低语声、嗑瓜子声、翻书声。一二老尼姑从容不迫地照顾客人用茶用点，多是静坐守候，偶尔也可闻她们喃喃诵经声。板壁上高悬观世音画像，香炉中升起袅袅烟篆，异香盈室。这环境，简直像是名士的书斋。

此文写于 1991 年初，那么 1961 年杨朔写《雪浪花》《泰山极顶》的前后，风华正茂的诗人忆明珠在豁蒙楼上读书作诗的那一刻，不知当时我这位来寻买麻油素菜包子的少年有无惊扰他的神思？

今天，为写完"金陵古迹巡礼"，我决定再上鸡鸣寺。

午后的冬阳爬上了鸡鸣寺的台坡，陡直的石阶道上，只有寥寥数人，心里则暗自窃喜。重新修葺的古寺，倒像一个珠光宝气的贵夫人，一扫童年记忆中那份破旧残败凋零冷清。拾级而上到了前殿，但见十几位年轻女子在烧香拜佛。在我印象中，上鸡鸣寺的善男信女，多半是老者，而如今却换成了一群小女子，真有点使人不敢相信。

修葺一新的庙宇大殿竟没有任何匾额题款，问及几位游人和工作人员，竟不知道鸡鸣寺里有个豁蒙楼，直到问及寺内老尼，方才寻到早已成为现代小吃部的豁蒙楼和景阳楼。

景阳楼里仍有三五个茶客在品茗，却都是身佩寻呼机、"大哥大"的红男绿女。回到豁蒙楼，几位红衣少女正在铺桌边叫卖，见我入内，以为我是预订素食酒筵的食客，便允诺我上楼去看看。

上得楼去，顿觉豁然开朗。这是一个面临东北的窗口，放眼望去，绝无南边的压抑感。上了鸡鸣寺，你只要回头一望，便会感到层峦叠嶂式的林立高楼压得你喘不过气来，现代大都市的阴影全都笼罩在游人心头，遮蔽了人们灵魂的精神文化的阳光。

然而，此时你向北眺望，却又是另一番景象了：蜿蜒的台城逶迤东去，勾勒出金陵古城的典雅历史；北望玄武湖，一番雍容端丽的景象跃入眼帘，脑际分明跳出的是一首首前人咏叹此景的千古佳句。只有此时，你方才感受到一个民族文化的延续和一个城池沧桑历史的精妙。

豁蒙楼比起鸡鸣寺的历史，可谓小而又小、短而又短了。这个由殿后经堂改建成的楼宇，是两江总督张之洞为纪念在戊戌变法中殉难的六君子之一杨锐而建造的，足见这位在官场仕途中饱经风霜的清廷重臣的为官之道。当年张之洞亲笔手书的"豁蒙楼"匾额早已成了杳然黄鹤，我想，即使此匾不在 1950 年代被改造掉，也一定会在 1960 年代初期就被"红卫兵"们扔进了历史的垃圾堆。却不明白如今的文物部门为什么连一个标记、一纸说明都不舍得留给游人呢？

六君子中的杨锐，是张之洞的得意门生，张之洞当年提倡"中学为体，西学为用"时，杨锐则为竭力鼓吹者，并为张之洞主持"两湖书院"分校的工作。甲午战争后，某日，张之洞与杨锐同游台城，就在现今豁蒙楼基址上置酒论道，纵论天下大事，其中对杜甫的《赠秘书监江夏李公邕》一诗更是反复吟诵："君臣尚论兵，将帅接燕蓟。朗咏六公篇，忧来豁蒙蔽。"在国势危艰的此时此刻，师生二人忧国忧民之心可见一斑。

六君子朝服弃市后，张之洞再督两江，重游鸡鸣寺，当然是悲从中来，不能自已，当即改建豁蒙楼，并作长诗《鸡鸣寺》。楼建成后，张之洞不仅题了匾额，还专门写了跋文："余创义于鸡鸣寺造楼，尽伐丛木，以览江湖，华农方伯捐资作楼，楼成嘱题匾，用杜诗'忧来豁蒙蔽'意名之。光绪甲辰九月无竞居士张之洞书。"张之洞身为清朝命官，当然不敢公开为其弟子平反昭雪，但只一句"忧来豁蒙蔽"，就将这位总督繁富的内心世界涵盖其中了。然而，张之洞绝对想不到二十世纪以来有多少文人墨客在此楼上彷徨、豁蒙，留下一段段不了的情缘。

杨锐的豁蒙导致了杀身之祸，但他的君子之风度千古垂青。因为他离我们太近了，仿佛鸡鸣寺的钟声一样，时时在敲打着我们的灵魂。恍惚中，那位敲钟的老衲就是杨锐的化身。梁武帝不是曾经四度舍身在鸡鸣寺（同泰寺）剃度为僧吗？他最后不是饿死在台城，与此名刹共生死吗？从中我们不是亦可见"侯景之乱"中梁武帝的气节吗？

而豁蒙楼下那口胭脂井却负载着金陵的千古耻辱。南朝最后一位皇帝陈后主整天穿梭于华殿丽阁之间，沉湎于酒色之中。隋军攻入皇宫，陈后主带着爱妃张丽华、孔贵妃躲进景阳楼的枯井，这就是遗臭万年的"辱井"故事，曾巩有铭文曰："辱并在斯，可不戒乎？"王安石亦有诗曰："结绮临春草一丘，尚残宫井戒千秋。奢淫自是前王耻，不到龙沉亦可羞。"可辱的帝王和可杀不可辱的文人便立判高下。

历史是最公正的法官，它不以帝王为尊，亦不为贫民而贱，更不会为善辩的文人所惑。这正应验了元朝诗人萨都剌的词句："玉树歌残秋露冷，胭脂井坏寒蟹泣。"

"南朝四百八十寺，多少楼台烟雨中。"历史的沧桑抹去了南京多少楼台，但它留下了四百八十寺之首刹——鸡鸣寺（原同泰寺），作为金陵兴盛和耻辱的历史标记与象征，鸡鸣寺的钟声时时在敲打着钟山足下文人士子的人格。虽然如今很少有南京人知道鸡鸣寺上的豁蒙楼，虽然物质的外壳已将此刹此楼装点得面目全非，但历史终究会铭记二十世纪以降上演在此楼的心灵活剧。

下得山来，路边不时冒出一些游弋着的看相算命先生，竭力让我算上一卦，我说，我今天是来给鸡鸣寺踏勘风水的，看它还有多少年的高寿。看相者们连连说道，今天碰上了高手。

1998 年 1 月 2 日（除夕）于紫金山南麓

2014 年 9 月 5 日重新修订于仙林大学城

2024 年 1 月 24 日再改于南大和园

走过"四叠纪"的风景

这里没有天山山脉雪域高原那样会思考的山峦，没有雅鲁藏布江大峡谷和科罗拉多大峡谷的壮丽景观，没有尼加拉瓜大瀑布和黄果树瀑布那样令人叹为观止的水泻，没有青海湖鄱阳湖的辽阔湖景，也没有九寨沟五彩池的美丽，更没有自然物种最丰富的亚马孙热带雨林的诡秘和西双版纳雨林的神奇……

但是，这里是南京低密度的居住区，宽阔的街道上种植着银杏、桂花、梅花、樱花、杏花、海棠、樟树等名贵的行道树木，星罗棋布的大大小小的公园和湿地，竟然会让一些欧美和日本的学者羡慕称赞。当然，这里也有与其瑰丽风景形成霄壤之别的暗隅，比如矗立在风景如画的街景边上的那个污水横流、臭气熏天的垃圾站。

然而，我们仍然可以通过这里的风景触摸到原始自然变幻的历史年轮，窥见几种文明形态留下来的人类进化足迹。

湖面，河流，湿地；丘陵，山谷，灌木。

农田，菜畦，稻菽；寺庙，佛像，碑刻。

厂房，仓库，烟囱；汽车，港口，邮轮。

地铁，高铁，液晶谷，电子监控探头……

这是南京的大学城，也是南京的副城区，一个被我称之为"四叠纪"的自然与人文交汇的生态片区。

比起英国工业革命时代里米特福德小姐抒写得平淡无奇的畅销书——那本乡村散文《我们的村庄》，这里富含的巨大历史内涵，远远超越了她的想象力，因为她的参照系只是单一的工业大革命背景下的农耕文明风景。此书之所以成为畅销书，只是适应了当时人们对工业革命的厌倦。即便是写《名利场》的萨克雷的女儿安妮·萨克雷·里奇，惊讶的也只是米特福德小姐竟然会把那个实在是平庸无奇的乡村风景，描写成具有英伦风情的优美画卷，我把这种文学审美定义为"嵌在画框里的风景画"。这个被《乡村年鉴》的作者豪伊特誉为"一个英国村庄欢乐的画卷"，让她笔下的几间小屋竟然变成了英国乡村风景画的"博物馆"，我以为这是满足了人们对农耕文明时代的深刻眷恋。作品竟然起到了英国女诗人白朗宁所说的怡情与移情的美学效果："随意读起一节，都会在你眼前推开一扇通往乡间的窗口，令人感到如轻风拂面，虫鸣灌耳，让你一天内都享受着雨露及花香。"

这个风景画被置于工业革命之外的自然风景与农耕风景的画框之中，就有了别样的意蕴，它把即将遗失的风景留在人们的记忆图像里。

是的，今天更为深邃的风景画就在我们的眼皮底下，只是我们没有用"第三只眼"像梭罗一样去发现这"神的一滴"。即便发现，亦无能力勾画出这四重奏画框中巨大的美学内容。

在昔日南京"城里人"看来，仙林地区是充满着农耕文明气息的乡下，它的数条东西南北贯通的河流，名字叫九乡河和七乡河，足以证明这块土地曾经的乡土归属。这里曾经是丘陵地带，土壤贫瘠，连山耕的农人都很稀少。几十年前虽属南京郊区，却也人迹罕至，离南京的直线距离虽很近，但上个世纪绕道行驶，单程就要花半天时间。2009 年南大迁校至此，人们便戏称为"九乡河文理学院"，那时周边还是一片荒山野岭。

仙林，乃仙鹤来仪之地，足可验证其自然生态环境是南京最好的地区；仙林，乃林木丛生之地，湖泊湿地星罗棋布之地，鸟类走兽栖息之地，释放出了江南丘陵中各类物种的原始形态。

每天清晨，我走过一道道风景线，看到的是四种文明形态地貌风景的交融与叠合，犹如走过人类几千万年的历史。

羊山湖和仙林湖的水面面积比瓦尔登湖要小得多，已经被改造成自然和人工合成的公园，既没有玄武湖那样充斥着皇家公园的瑞气，又保留着一丝原始的天然氤氲清气，比那莫愁湖又素雅脱俗了许多。

这里的湖面上游弋的水鸟竟有十几种，偶尔看到几对鸳鸯恩恩爱爱地并行在水面，似乎是在向人类宣示着爱情至上的理念。

最惹人喜爱的风景是，成群的白鹤飞翔在湖面上，落脚在湖边的草丛和芦苇滩里，深深地召回了我在青年时代第一次在高宝湖上见到"落霞与孤鹜齐飞"壮丽景象的回忆。

白鹤时而双双漫步在岸边的草丛和浅滩上，时而茕茕孑立，踽踽独行。朝阳射在波光粼粼的水面上，在摇曳的芦苇丛边，在河畔白茅草丛中，它们的剪影无论在高清还是高光镜头下，都是最美的画面构图。

我顿然发现，白鹤飞翔时是集体行动，几十只群飞的白鹤盘旋在湖面上，栖息在几棵大树上，煞是壮观；但是，当它们落在水面岸边上的时候，最多就是三两只在一起，更多的则是独自活动。每天清晨，我路过九乡河大桥，俯视那桥下一段浅滩溪流，但见常年守候在那里的一只白鹤，永远像哨兵一样，一动不动地凝视着逆流的水面，显然，它在注目逆水而上的小鱼，难得一次看见它猛地叼上一条小鱼。当然，你可以视为动物生存的本能，而我却以为是鸟儿在沉思。

我从不相信只有高级的灵长动物才有思想的理论，因为我经常看到白鹤像雕塑一样伫立在河畔，难道它不是像梭罗那样，独居在湖畔边作亲近大自然的哲思吗？偶尔看到一只白鹤跨上了湖边塑胶人行步行道，它迈着缓慢的步伐，踯躅徘徊，时而低头沉思，时而仰天嘶鸣，仿佛是鲁迅笔下"两间余一卒，荷戟独彷徨"的思想者。我离它越来越近，它丝毫没有飞走的意思，难道它在人间的步道上，思索的是人类生存的问题？

湖里最多的是水鸡、野鸭和小䴙䴘，当然也有鸳鸯、小鸊鷉……人们最喜欢的是鸳鸯，它们用美丽取悦人类，更以忠贞的爱情感召人性，虽然鸳鸯并不一定是这么思考的。

这里的湖虽然已经有了人工斧凿的痕迹，但水鸟们用它们的鸟语告诉我，它们才是大自然之子。

这一带还有不少被改造了的大大小小的自然湿地，菖蒲、芦苇、白茅、水草在朝霞和夕阳的映照下，勾勒出了一幅幅动人心魄的美景。各种野生的水禽鸟类在这里栖息休憩，偶尔还能看见色彩艳丽的戴胜和许多画眉栖息在湿地的树木上，心情顿时大悦。

今年是大旱之年，在汗流浃背的清晨，我走过那一片河床干涸了一半的湿地，看着白鹤、水鸡、鹭鸶、鸬鹚焦虑地徘徊在有水和无水的沼泽地里，一只鹭鸶倒卧在河床上，尸体上围着一群不惧酷热的绿头苍蝇，另几只同类蛰伏在枯黄的水草边，也不像往常那样入水觅食了，它们在想什么呢？我以一个局外者的名义去思考，它们一定也在诅咒大自然的无情吧。

不知道几千万年的地壳运动，如何把南京东部变成了丘陵地带，最高的地标就是著名的紫金山，海拔也就四百多米，比起喜马拉雅山来说，那就是一个土坡而已，更不要和新疆天山山脉的雪域高原的壮美相比了，即便是与福建沿海的高山相比，也是如此渺小。然而，与魔都大上海连一座哪怕是三十米高的小山丘都没有相比，仙林地区绵延起伏的丘陵，虽然只是一些百米左右高度的小山丘，也算是大自然赐予我们的原始恩惠了。

这里的自然植被物种并不丰富，却也是杂草丛生，灌木成林。山上还有千百年来由鸟儿衔来的各种树籽长成的森林，虽不是什么名贵的树木，却也是郁郁葱葱，趣味盎然，即使这些年的开山，也没有阻挡它们顽强生长。

大量的鸟儿栖居在此，据说有一百多种。鸟语野花是自然形态的，比起花鸟市场里的鸟语花香，平添了许多空灵之意。我在山里看见过极其漂亮的红嘴相思鸟，那种美丽让人动容，终生难忘。最多的鸟儿除了麻雀外，就是灰喜鹊和喜鹊，还有最熟悉的鹧鸪，虽然不见踪影，其声却不绝于耳。

爬上山顶，顺着人迹罕至的小道，你可以看见奔突乱窜的黄鼠狼和野兔，偶然见到貌似麂子的动物在奔跑。更令人惊讶的是，野猪已然大摇大摆地迈着无比坚定的步伐进入了南大校区里，甚至并不害羞地进入了食堂和饭店，它欲与人类共进晚餐，这是人类的幸还是不幸呢？野猪可不是这么想的，它的生存地盘在扩张。

雨季，山谷里的涓涓细流在静静地流淌，那已经不再是清澈的溪水了，雨水冲刷着山体，泻下来的白色塑料泡沫和五颜六色的工业垃圾漂浮在水面上，连水鸟和白鹤们都挂着极不情愿的表情，无奈地啜饮着这富含毒素的水源，原始自然生态已经不再原始。

这里还保留着农耕文明的时代印记，无疑，随着仙林副城区的开发，原本耕地就很少且土质并不肥沃的丘陵山区，如今原住民耕植的现象已经荡然无存，鳞次栉比的高楼大厦收割了麦浪滚滚和遍地稻菽的农田。然而，顽强的农耕文明意识，把原始自然的未开垦处女地，嵌入了斑斓色彩的风景画框之中。

仙林大道南侧皆为别墅片区，还有一些不超过六层的电梯洋房，这里的城市规划就像文艺复兴时期欧洲郊区的风格，自然地涂抹着油画般的风景，那是一派接近工业文明建筑的样式。然而，在依山临水的自然风景与城市文明的交汇之处，你看到的却是久违了的农耕文明景观。

在山谷下，在山间的坡地上，每一平方米的土地都被住在洋房和别墅里的城市居民和打工者垦殖了。这些农垦大军是由这几种人组成：一是随着"学而优则仕"的子女进城的异乡农民；二是插过队、下过乡的退休知青；三是拆迁还房的原住民；四是居住在周边几里路内的打工者。他们每天行走在已不崎岖的山路上，晴天一身汗，雨天一身泥，硬是用铁器时代的工具，用石块围起了一方方大小不一的梯田。在没有溪流的丘陵上，他们用农用三轮货车运水上去，一排排白色的大口塑料桶搁置在田边，等待着雨天聚水。有的甚至砌了一个蓄水池，让人想起西北地区缺水少雨，农人苦厄难夺的青云志来，如此执着的吃苦耐劳精神，如此得不偿失的辛劳，如其说是老年人锻炼身体，还不如说是对农耕文明一种深刻的眷恋，这是生长在城市里的最后一代农田耕耘者。

站在山顶上向下望去，虽远没有中国十大梯田那么壮观绚丽，却也是一片点缀在自然风景和城市间的农耕风景画的微缩景观。各种各样蔬菜的绿色和油菜花的黄色，成为梯田春天的主色调，而玉米和大豆的黄色则是秋收交响乐的主旋律。

今年是百年不遇的大旱之年，秋天来了，一群大雁往南飞，我乘兴上山，看着梯田里已然没有了往年丰收的景象，枯萎的庄稼成了木乃伊一样的植物标本。遇见一位经常与之在田边聊天的浙籍老人，问及另外一位垦殖了一大片农田的精壮老者，说他大旱时担水灌溉时跌倒后就归天了，不禁黯然神伤。我不知道是赞颂这样的农耕苦恋呢，还是诟病这样的即将消逝的残留文明呢？我站在盘山而行的十字路口，陷入了没有答案的沉思。

　　二十一世纪初，南京大学迟迟未迁徙到仙林大学城来，就是因为忌惮北面长江边上烟囱林立的化工厂房飘过来的有害烟尘，那堪称中国化工企业巨头的扬子石化，曾经是南京工业文明一百多年来的地标。上个世纪后半叶，在这样的工厂工作，年轻人梦寐以求的职业，孰料到了新世纪，这个工厂却成为人们避之不及的处所。如今，一百七十多家化工企业迁走，扬子石化也进行了污染净化改造工程，雾蒙蒙的栖霞地区复现了蓝天白云、霞光四射的风景，空气指数成为南京最好的区域之一。

　　向南，疾走过与江宁区交界处，但见九乡河对面巨大的水泥烟囱在爆破声中坍塌，水泥厂房夷为一片废墟，沿途大量原住民的小楼和菜畦被拆毁，即将开发的大片高楼因资金链断裂，成为断壁残垣。城市建筑在这里凝滞，工业文明也将消逝在这片土地上。

　　再往南，沿着山坡是一大片林立的墓碑，墓群是什么？它们是农耕文明土葬风景的纪念碑，早在上个世纪后半叶，棺椁就被城市文明的火葬送进了历史博物馆。然而，为了忘却的纪念，为了保留农耕文明时代和先人的灵魂交流对话的场所，一抔黄土茕茕孑立在城市的边缘，终究是为后代留下了农耕文明考古的一道风景，虽然它与现代城市的表情有点格格不入。

　　向西，那里是仙林的商业中心地带，各大超市和购物中心显现出现代都市的便利与奢华。几多商业街区紧邻羊山湖公园，那里还有几个巨大的商业购物中心虽已成形，却成为烂尾。城市建设成为后现代工业文明的双刃剑，它张开血盆大口，吞噬着一切自然文明、农耕文明和工业文明的果实。这也是人类幸与不幸的悖论吗？

向北，横亘在眼前的是2号线地铁的高架线，穿过地铁线沿着南大校园西侧直行两公里，就能看见纵横交错的立交公路网和东西快速通道大动脉上如蚁涌动的车辆，以及沪宁线上风驰电掣的高铁。孰料，在后现代的风景画框里，还藏着那驰名世界的栖霞寺与千佛洞风景古董。

向南，那里是与镇江句容毗邻的交界处，大片大片的高楼住宅拔地而起，万达茂也是这个区域巨大的"销品茂"和商业游玩的配套区。但它的西面却是南京著名的液晶谷，那里有生产液晶产品的后工业流水线，没有工业时代大机器的嘈杂，那是无声无息的工厂，树木环绕，整洁干净，景色优美，但是，没有一只鸟儿在那里的树头栖息，原来是电子辐射让它们退避三舍，而我们人类则轻忽了这样的环保意识。

历史总是向前发展的，达尔文的进化论在这"四叠纪"的交汇文明时空点上彷徨，文明与人性的交锋由此而徘徊在犹豫和抉择中。

我们究竟选择哪一种文明形态苟活下去呢？

莎士比亚在文艺复兴时期无解的难题，我们似乎更加无法阐释。

2022年10月20日20时二稿于南大和园

昨日鼓楼风景[1]（上）

小 引

我眼里的风景是广义的风景，而非狭义的风景。换言之，风景应该是大写的风景，而非小写的风景。它不局限于修辞学意义上的风景描写，而是具有向着历史纵深开掘的人文景观内涵。

风景是有记忆的，历史刻在它的年轮上，显影出来的图像色彩，像交响乐那样宣泄出不同的情感，既有激情四射的浪漫喜剧，也有悲怆哀婉的泣血悲剧，但是，它们都带着人性的旋律。

我们只有从历史风景的折射中，看到现实世界物与人的倒影，这样的风景才具有"活化石"的意义。

因此，风景描写绝不是逃避到田园牧歌中去，从而给它披上"现代性"的新装。我十分赞同英国历史学家和艺术史家西蒙·沙玛在《风景与权力》中阐释的观念："观看并重新发现我们早已拥有但却忽略和漠视的东西。""在勾画风景隐喻的悠久历史时，我竭力不让这些因时空不同而产生的巨大差异遭到淹没。"旧日风景

1　此题的鼓楼有内外之分，校园内和校园外，既是两个世界，却也是灵魂相通的桥梁。此题之下的内容分为上下两个部分，上部分是写与南京大学有关的鼓楼内外人文风景；下部分是写鼓楼内外的生活风景，书卷气和烟火气所构成的鼓楼风景线，才是鼓楼历史校园和街巷风景深处的幽灵所在。

是旧日时光的再现，在每一个历史的断面中，我们都可以看到不一般的风景，而如何解读它们，才是最重要的。

风景中的人，是思想的芦苇；风景中的物，是人文话语的另一个倾诉者。

所以，从某种意义上来说，风景也是个人自传的参照物——人看风景，风景照人——那是历史的回声，那是人性的呼唤。

鼓楼即景

南京鼓楼　历史上俗称黄泥岗，建楼后改称鼓楼岗，这里是十朝古城的高处，也是城中央地带，其海拔四十米，除了不远的鸡笼山（鸡鸣寺）外，此地是城中高地所在。与明代后建的西安鼓楼和北京鼓楼相比，如今的南京鼓楼也许寒酸了许多，并不雄伟壮丽，但是，其中的故事却是很多。南京鼓楼始建于明洪武年间，距今已六百四十一年了，比西安鼓楼大两岁；六百三十九岁的西安鼓楼，至今仍然风姿卓越，是保存完好的老古董；北京鼓楼如果从元代算起，已经是七百五十一岁了，但它是遭受战火屠楼最多的鼓楼，历经三次重建，最后一次是乾隆年间的公元1745年，如今也就二百七十八岁了；而南京鼓楼是康熙年间的公元1684年重建的，比重建的北京鼓楼大了六十一岁。乾隆年间是清朝的盛世，作为首都，其规制和规模当然要远远超过先帝康熙重建的南京鼓楼，因此，如今的南京鼓楼远不及北京鼓楼雄伟壮丽。

然而，参照西安鼓楼的规制和规模，便可想象出南京鼓楼当年作为明朝开国首都规模宏大、规格极高的壮观景象了，只要看它留下的唯一遗物——重达两万三千公斤的报时大钟，就足以看见那能容得下此钟的大殿是何等壮观了。1972年，就在距鼓楼一百米之处的南京大学北苑的一次考古活动中，发掘出了一方重达五吨的明代大石柱础，经主持这次发掘的南大历史系蒋赞初先生根据实地考古和文献资料的核查，判定南大北京西路与天津路交叉口即是明代钟楼遗址。

现今留存下来的鼓楼是康熙二十三年（1684）重建的碑楼，所以，南京鼓楼有"明鼓青碑"之说。康熙为什么重建南京鼓楼，其中之谜不得而知。我从他六次南巡必到南京明孝陵，三跪九叩朱元璋墓的大礼中猜到了谜底——他认为朱元璋治国胜过唐宋，虽然夸张，却有其道理，因为朱牧儿虽是放牛娃出身，整顿起属下官员来，却是毫不留情，酷政猛于虎也，一个皇帝没有这样杀伐决断的枭雄手段，何以治人治国呢？因此，明孝陵门前那块碑上留下的四个大字"治隆唐宋"，是康熙留给大清朝的政治遗产，他要时时提醒自己的儿孙们谨记整肃吏治，此乃治国大业之条律也。重建鼓楼，让钟声警醒他的皇儿和官员们，或许这才是他的终极目的。

古代的鼓楼是一个城市用来报时的楼宇，所谓晨钟暮鼓是也。它是向文武百官提示勤于政务的警钟，当然，它也是迎王、接诏、选妃、庆典之处。如今这里早已成为鼓楼公园，大钟也早被移至直线距离一百米外的大钟亭内，紧邻南京大学大钟亭宿舍。南大人是鼓楼的敲钟人吗？

豁蒙楼 鼓楼岗东边的豁蒙楼是两江总督张之洞为纪念在戊戌变法中死去的弟子杨锐而建，取杨锐所诵杜甫《八忧诗·赠书监江夏李公邕》"朗诵六公篇，忧来豁蒙蔽"中"豁蒙"二字为楼名，张之洞题写了匾额，但此匾早已乘黄鹤而去，留下的是张之洞的跋："余创议于鸡鸣寺造楼，尽伐丛木，以览江湖，华农方伯捐资作楼，楼成嘱题荒，用杜诗'忧来豁蒙蔽'意名之。"当然，张之洞也留下了"亦有杜老忧，今朝豁蒙蔽"之诗句，可惜此楼早已毁于火灾，只留下旧址上重建的茶馆和素斋馆。

倘若是作为一个旅人、过客，你去豁蒙楼看风景，或许你看到的只能是闲景，亦如郭沫若 1946 年到了首都后写下的《南京印象》中，登上了鸡鸣寺，却并没有注意到豁蒙楼遗迹，"寺的正殿背后是观音阁，拜殿前面的窗下摆着一排茶桌。拜殿的右手更推广出去，有一座宏阔的茶室，想见到这儿来吃茶的人一定很多。把这儿作为消闲眺望的地方，倒也不坏"。显然，这宏阔的茶室就是豁蒙楼遗址，此时春风得意的郭沫若，心境大好，所以"在观音阁的正前选了一张座席，品着茶，时而望望湖，时而望望山，时而谈谈时事"。一个接收大员的气派跃然纸上。

倒是像朱自清这样的文学家，尚能从这里穿透历史的雾霭，看到现实世界中苍凉的一面，他在《南京》一文中写道："你坐在一排明窗的豁蒙楼上，吃一碗茶，看前面苍然蜿蜒的台城。台城外明净荒寒的玄武湖像大涤子的画。豁蒙楼一排窗子安排得最有心思，让你看得一点不多，一点不少。寺后有一口灌园的井，可不是那陈后主和张丽华躲在一堆儿的'胭脂井'。"朱自清讲究散文的画境美，但他也是凭古吊今、感时伤怀的作家："假如你记得一些金陵怀古的诗词，趁这时候暗诵几回，也可印证印证，许更能领略作者当日的情思。"

钟敬文在长篇散文《金陵记游》中，描写登上豁蒙楼后的情思，就更令人遐想了："我们舍寺登豁蒙楼。楼在寺的最后一层的北隅。楼中陈设颇清雅，寺僧于此留客品茗。我们凭窗俯瞰玄武湖。波光片片，洲渚杂出。稍远，见诸山围列，苍碧晴岚，扑赴心眼。一种高寒旷朗的感觉，令人一切的意绪飘消。"然而，作者看中的却是荒草丛中的那口胭脂井，竟然想到的是："如果我做了国民政府或中央党部的委员的话，我所要先提办的一件事，就是把这已经填平了的胭脂井重新开浚起来，让现代一般青年男女作他们情死的场所。使麻木迁就的国民性，因此种勇敢的死恋之风的提倡，得以有力地纠正一下。其功勋是不会比现在所举办的各要政低下的。"哈哈，毕竟是书生，他的这种想法虽奇特，但也有一种红颜祸水的味道，一个朝代的湮灭，岂是男女情事所左右得了的呢，难怪他一生都做不了党国的什么要员，只能做一个著名的民俗学家，而已，而已。

只有做过政府要员的人，才能真正从历史的云烟暮色里消隐自己，在《豁蒙楼暮色》里，作者从豁蒙楼遗址走上下来时，竟然是如此洒脱："走出了山门，大好河山，如一片锦绣，全铺展在我的脚下了，可惜四边迷雾隐约，已不易辨识。一阵风扑面刮来，不是春风，不是夏风，这风颇有肃杀之感哪，熟睡之我，至此完全给它吹醒了。"这是反讽修辞吗？这风实乃秋冬之风也，隔了二十五年，此风仍然吹在我的面颊上，脑海里，文辞像刀刻在我的心间。

2014年南大中文系（文学院）百年院庆时，由徐兴无先生倡议并力行，印行了程千帆、沈祖棻夫妇捐赠给南大图书馆的《豁蒙楼联句》遗墨影印卷，此卷是由黄侃之侄黄焯先生于1964年赠予沈祖棻先生的墨宝，徐兴无在影印本的跋中做了详细说明并释文。

1928年2月，黄侃先生来中央大学任教，直至1935年逝世。黄季刚先生于次年元旦邀请同仁陈伯弢、王伯沆、胡翔冬、胡小石、汪辟疆、王晓湘诸位先生一同登鸡鸣寺的豁蒙楼遗址，吃茶、饮酒、对联。其联句为：

> 蒙蔽久难豁（弢），风日寒愈美（沆）。
>
> 隔年袖底湖（翔），近人城畔寺（侃）。
>
> 筛廊落山影（辟），厌酒潋波理（石）。
>
> 霜林已齐髡（晓），冰花倏缬绮（弢）。
>
> 旁眺时开屏（沆），烂嚼一伸纸（翔）。
>
> 人间急换世（侃），高遁谢隐几（辟）。
>
> 履屯情则泰（石），风变乱方始（晓）。
>
> 南鸿飞鸣嗷（弢），汉腊岁月驶（沆）。
>
> 易暴吾安放（翔），监流今欲止（侃）。

且尽尊前欢（辟），复探柱下旨（石）。

裙屐异少年（晓），楼堞空往纪（殁）。

浮眉挹晴翠（沉），接叶带霜紫（翔）。

钟山龙已堕（侃），埭口鸡仍起（辟）。

哀乐亦可齐（石），联吟动清沚（晓）。

此乃文人雅聚吗？是也，雅聚之中，却透出了感时伤怀的情调，露出了文人风骨之太息。为什么黄季刚一来南京就盯上了豁蒙楼呢？观其日记，便知其屡屡为豁蒙楼撰联之事。1929 年 2 月 14 日《己巳治事记》中就有记载：

坐豁蒙楼张相榜书，意有怅触，拟一联，迟日当属小石书之，送寺中悬焉。己巳正月五日登豁蒙楼瞻省云物，仰见张相榜题，有所感触，爰撰一联，楬诸其下。蕲柳山民记。

水漫南埭，好树降旗，往事堪伤，莫对龙磐谈昔梦；

路近西州，愁寻华屋，沉忧未豁，空将虎踞壮层楼。

此联的上联是用李商隐《咏史·北湖南埭水漫漫》之典，站在豁蒙楼上，俯瞰玄武湖（古代由北湖南湖，亦即前湖后湖两个区域组成），回眸历史，饱览十朝金陵之衰，空悲切，抒发了撰联者对国家兴亡深切的关注，对国运兴衰的责任感，衰飒感伤情怀弥散其中；下联似出典于高卧东山、小草远志、久居南京的谢安事迹，西州乃晋时扬州，为南京所辖，东晋时其办公地点迁至建康城东部，称东府，而曾任扬州刺史的谢安，一场淝水之战使其名垂青史，他不仅仅是雄才大略的政治家、军事家、战略家，更是有风骨、有才情、有人性的一代文学家和书法家。东山再起、围棋赌墅、雅人深致就是这位"江左风流宰相"性格的写照。羊昙因怀念谢安，醉后诵曹子建诗"生存华屋处，零落归山丘"，恸哭而去，从而引发了黄侃愁对这华丽的屋宇，慨叹杨锐们变法失败，豁蒙如今仍蔽。面对人去楼空的风景，撰联者慨叹变法者壮志未酬，只能空览江景长叹息。

由此，我们望见了一个由近代进入现代人文语境的语言学大师的背影，黄侃竟然有如此阔大的人文情怀，比起昔日和现在的我们，真是"往事暗沉不可追"。

还是梁启超借陆游《南定楼遇急雨》诗题豁蒙楼的联为最佳："江山重复争供眼，风雨纵横乱入楼。"

校园即景

无疑，南大占据了鼓楼核心地带的一片文化区，民国首都时期，这里还没有首善之区的文化味道，鼓楼岗还很荒凉，直到1960年代，我以一个少年的眼光，看着北京西路隔着水泥桩铁丝网里的南大校园，也没觉出与一所中学有何区别。悄悄地，1970年代初，鼓楼片区变成了南京的文化名片，我想，大约是因为在那个年月里，这里出现了外国人，南京大学在全国高校率先招收了外国留学生，多数都是非洲学生。南京有了国际气息，于是，这里就区别于繁华的新街口、夫子庙商业区，成了南京的文化区域，忝为南京城市的副中心。

其实，现今的南京大学楼宇建筑是从 1910 年兴建金陵大学开始的，当时鼓楼岗一带还是荒凉的野地和杂乱的田畴，金陵大学在此圈地 2340 亩，其规模应该是相当大的，我不知道 1921 年建造的宁海路上的金陵女子大学的 160 亩地是否也囊括在内。

因为是美国教会襄助的学校，还沿袭传统的男女分校制，所以，金陵大学被分为男女两个不同的校区，"女金大"就是如今的南京师范大学，"男金大"就是如今的南京大学。这里暂不表南京大学与中央大学的渊源，就金陵大学旧址而言，男金大的美国建筑师斯莫尔（A. G. Smal）采取的是中西合璧的大屋顶建筑风格，而且十分讲究中国建筑的对称美学原理，是符合一所大学文化精神内涵的，我想，斯莫尔先生或许充分考虑到当时中国"洋为中用"的国情罢。而女金大的设计方案是美国著名的建筑设计师墨菲（Henry Killsam Murphy）与著名的中山陵设计师吕彦直一同设计的，显然，这也是大屋顶的中西合璧之作。

男金大这种建筑风格却遭到了一些文人的讥讽与诟病。1990年代初，我为北京出版社编写《江城子·老南京》（后由南京出版社修订为《金陵旧颜》）一书的时候，收了两篇喝过英法两国洋墨水的袁昌英女史的著名游记散文，一篇是《游新都后的感想》，另一篇是《再游新都的感想》，前者曾经被选入民国高中国文课本。

　　1928年，正是武汉大学校务维持会主任黄侃转道来到中央大学之时，当时来自美丽的东湖湖畔的武汉大学教授法国文学史的女教授袁昌英，大加赞赏了女金大的校园建筑风格"真是巍然一座宫殿"："它的外貌形式美，是它那红、黑、灰各种颜色的配合的得法，是它那支干的匀称，位置的合宜；是它那中国曲线建筑的飘逸潇洒的气质战胜了西洋直线的笨重气概。"毫无疑问，袁女士喜爱中国庭院式的建筑风格，当是无可厚非的审美趣味选择。南师大至今依然是中国高校校园中最优美的校园之一，正是她的柔美，充分体现了金陵女子大学的文化氛围和人文气质，不过，我却不能同意获得爱丁堡大学中国第一位女硕士的"英国式淑女"，把西方建筑形容成"直线的笨重"的说法，这位从事法国文学史研究的学者，在法国留学时，应该对法国的浪漫主义建筑美学风格有所了解。袁女士还写过散文《巴黎的一夜》呢，殊不知，在哥特式的大教堂中，巴黎圣母院被誉为世界上最柔美匀称的亭亭玉立的教堂建筑，是不为过的，加上大文豪雨果浪漫主义小说的渲染，它不仅成为法国建筑史上的地标，同时也是法国文化和文学的地标。

　　正是这样的偏见，在同样是大屋顶建筑上，让袁女士对男金大抱有了别样的看法，她用讥讽的口吻说："男金陵大学则大大不然，它的建筑的原则是与女子金陵大学一个样：采用中西合璧的办法；然而成绩却两造极端。金陵女子大学给我们唯美的、静肃的、逸致的印象。男子金陵大学却令人看了不禁要发笑，一种不舒服、不自然的情绪冲挤到心上来。我起初还是莫解其故，及至立住足，凝神看了个究竟，才释然而悟。啊！我捉住了它的所以然了。这里不是明明白白站着一个着西服的西洋男子，头上戴上一顶中国式的青缎瓜皮小帽吗？一点儿不错，它令人好笑的是那帽子与衣服格格不入的样子。中西建筑合璧办法，用在女子金陵大学上面则高尚自然，别致幽雅，在男子金陵大学上则发生这种离奇的印象，是亦幸与不幸，工与不工之分而已啊！"啊哈，袁女史这个不讲道理的说法引起了我三十年前的极度愤慨，对这个美丽的女教授产生了反感，我并非是一个男权主义者，倘若用这样的理由请袁君入瓮的话，那么一袭西洋服装打扮的袁教授与她白裙下的"解放脚"相匹配吗？难怪徐志摩原配妻子张幼仪刻薄地说她"小脚和西服不搭调"，然而，正与袁昌英暧昧别恋中的徐志摩却说："所以我才想离婚。"难道这就是无理由的浪漫主义者的审美情趣吗？

殊不知，男金陵大学青砖灰瓦的大屋顶尽管没有绚丽的色彩，其北大楼、东南大楼、西南大楼、东北大楼、大礼堂、图书馆等建筑，气势雄伟，稳重大方，严谨对称，诚朴敦厚，大气包容，充分彰显出了金陵大学文化与学风的风格特质，正应验了南京大学"诚朴雄伟，励学敦行"的校训。

湖南知识女士多豪爽，许多"五四"女作家让人佩服，袁昌英当然也是一个有才华的作家，但是她们往往也会陷入一种不求甚解的偏执当中。她嫁给了观念十分保守的经济学家杨端六，这个唯一不穿军服的国民党上将，曾经还给后来当了南京大学前身中央大学校长的蒋介石讲过课，性格竟然相差如此之大，知识分子的文化态度仅仅取决于性格吗？天晓得。

无巧不巧的是，袁昌英这一篇《游新都后的感想》是 1928 年春写就的，而这一年秋天，时任中央大学外语系主任的闻一多先生，在创建国立武汉大学的校长刘树杞亲自来新都的诚挚邀请下，回到了家乡美丽的东湖罗家山（后被闻一多先生亲自改名为充满诗意的"珞珈山"），出任文学院院长，而袁昌英则成了他的下属同事，那年闻一多也就三十岁，他是去开创武汉大学新学的，可惜不到两年就辞职而去了。我想，倘若当年闻一多先生真的是采取中学为体、洋为中用的治院方针，即袁女史所形象描述的"身着西服洋装，头戴瓜皮帽"的话，或许也不会受窝囊气，愤而离职了。

2008 年，友邦学校云集东湖，庆祝武汉大学文学院建院八十周年，本人也代表南京大学文学院前赴珞珈山以示庆祝与感谢。首先，我从"章黄学派"渊源谈起，再讲到闻一多建院的功绩，又讲到了"珞珈三女杰"袁昌英、苏雪林和凌叔华在新文学史上的地位，当然，绝没提"瓜皮帽"的事情；最后讲到了 1979 年我的老师叶子铭先生受南京大学校长匡亚明之命，直接通过街道办事处寻找到了正在珞珈山上放牛的程千帆先生，恳请他回母校执教的故事。南京大学真诚并衷心地感谢武汉大学为我们输送了一代宗师，从此，南京大学古代文学在程千帆先生的引领和培育下，成为蜚声海内外的著名学科，可见两校两院的友谊渊源是如此深厚绵长。午间宴请时，许许多多武大文学院的老教师过来与我觥筹交错，他们的心情是难以言表的。

从 1928 年才女袁昌英的文章开始，到 2008 年南大和武大的血脉关系说起，八十年的恩恩怨怨并非是一顶"瓜皮帽"就可以了结的，这其中还有我个人与武汉大学同代同仁之间的交往和友情，以及研究生的相互交换培养，都凝聚着不可分割的血肉关系。

如今又过了十五个春秋，尽管"瓜皮帽"仍然挂在鼓楼校区的头顶上，然而，北大楼奠基石上镌刻着的 1919 年的铭文还在，而且，南大仙林校区文学院庭院墙上又增添了一块汉白玉的碑刻，每一届毕业生都要在这面爬满青藤的"启园"碑文墙下留影。闻一多的在天之灵一定会心一笑，而袁昌英先生或恐也会庆幸此地没有"瓜皮帽"，而含笑称赞的。

我却以为，一个学校的建筑也许能够体现出一种文化的折射，但更重要的是，一个学校的人文精神才是这个学校的思想基石。

1949 年以后，鼓楼校区改称为南京大学，其地盘被不断分割蚕食，南起广州路，北至北京西路；东起天津路，西至上海路，校内只剩下方圆不过六七百亩地的男金陵大学旧校址，尽管历经沧桑，许多外围的属地被莫名其妙地侵蚀，然而，其大体的轮廓尚在。

邻近鼓楼闹市的地段被城市改造所吞没，尤其是天津路一带。南大东门对面曾经是暨南大学旧址，早就变成了鼓楼三角地，是 1980 年代的"外语角"，如今鼓楼地铁站 4 号出口处，还有一方镌刻着"暨南大学遗址"的勒石呢。南面的原东海印刷厂，现在已经成为鼓楼医院的住院部了，那本是 1960 年代前南京大学的校区。上个世纪末，天津路扩容，割去了南大一长溜校园边地，如今只有那生长了百年的银杏树，作为历史的见证人屹立在那里。好在南大门前的那条汉口路，本来成为贯通上海路的城市规划改造范围，终因抗争而未能实施。

穿过南大围墙东侧那条短短的汉口路，天津路往广州路方向的垂直道路并没有改造，这条不是路的街巷，只因曾在小粉桥居住过的"南京好人"约翰·拉贝在日寇大屠杀期间，救助过许许多多南京市民，所以这里没有被城市道路的外科手术所改造，拉贝故居矗立在此。殊不知，著名作家陶晶孙还专门写过《小粉桥日记》，称这里是"洋牢"。这里一直都是南大小粉桥教师宿舍，可见南大当年教师的生活条件是十分简陋的。

旧时的南京大学与许多西方大学一样，并无围墙，1949 年以后，各个单位部门才开始圈起了围墙，以示领地的尊严。五六十年代因为资金紧张，那围墙许多地段还只是用竹篱笆筑成的。小时候去广州路的儿童医院看病，路过南大南苑南大门，从竹篱笆外望着大屋顶的女生八舍，楼上晒着花花绿绿的衣裙，一道煞是新奇的风景迷住了多少路人的眼睛。

北苑 北苑是围墙里的南大，是教学和办公的区域，每天早晨，熙熙攘攘四面八方的人群从五个大门涌入北苑，上课的教师多从金银街的西北门去教学楼；而睡眼蒙眬、行色匆匆、肩背书包，一手拿煎饼包油条，一手用吸管汲着豆浆，边走边吃的学生们，都是从南苑的宿舍区潮水般地涌向北苑教学区。上课铃一响，校园立刻就寂静下来了。下课间隙，各个教室门前和走廊上，都聚集了老师和学生，学生与老师在一起抽烟，相互交流问题，是那个时代的教室风景；多数学生都在喝茶聊天，只有到了第四节课的下课铃声响起，校园才又沸腾起来，教师们推着自行车在人流中穿梭徜徉；赶往南苑各个食堂就餐的学生们，则是如狼似虎地狼奔豕突，飞也似的去抢购二食堂的猪肉大排了。

下午和晚上的课便少了许多，在寝室里看书写作业和睡懒觉的同学几乎一样多，而更多勤奋的同学都去图书馆抢占座位去了，带上干粮水杯和笔记本卡片，直到闭馆才姗姗离去。所谓"励学敦行"的南大学风，无非就是文科生泡图书馆，理科生蹲实验室而已。

夜深了，北苑万籁俱寂，只是隐隐约约听见北京东路上偶尔驶过的汽车鸣笛声，唯有理科大楼里不熄的长明灯的光焰，俨然盖过了校园里黯淡的路灯。

北大楼　北大楼何时成为南大鼓楼校区地标的，这似乎已经无可考证了，大约是它的造型承载着大屋顶与塔楼的建筑风格，成为中国校园的独特一景吧。当然，它也是南大海拔最高处，更重要的是，那栋塔楼的基石上镌刻着 1919 年的年代标记，那个岁月，风起云涌的五四新文化运动，让这座校园的建筑风格在中西合璧上做足了文章，从两江学堂到三江学堂，再到金陵大学，现代人文意识的标举，成为这个学校涌动着的地火传承——那爬满整个外墙的百岁青藤，成为一种精神的标记，它才是南大历史精神的见证者。

北大楼最好的去处就是楼前那一大片方格化了的天鹅绒大草坪。平时许许多多学生、情侣和游人在此地驻足，席地而坐，或读书，或仰望蓝天白云，或谈情说爱。到了毕业季，大批大批的南大学子在这里留下永远的留影。

民国时期，北大楼曾经做过学生宿舍，后来成了办公楼。这里寂静无声，却有许许多多的历史故事，尤其是 1991 年一个国家领导人的校友回到南大，他指着北大楼说，这里我很熟悉喔！去年老校友仙逝，而北大楼仍然和往常一样，默默无语地看着世界的变迁。

好事的中文系 Z 君，竟在南大图书馆和档案馆里，查到了当年老校友的借书证和成绩单。

老校长匡亚明在这栋大楼里吹响了南大挺进国内强校的号角，几代南大人才有了以小博大的辉煌。那个年代，我也曾经在这栋楼的会议室里聆听过那个没有继续留在南大执教，而去省里任职的胡福明老师宣讲"实践是检验真理的唯一标准"大讨论，昨日惊闻他也驾鹤去了。

光阴荏苒，白驹过隙，唯有这栋塔楼在静观着历史沧桑的巨变。

几十年前，我仔细贴着外墙壁察看，让我吃惊的是，北大楼墙基下尚有明城墙的专用砖，作为南京城池里文化教育的地标，用它作为奠基石是有历史意义的。但是，从中亦可见对古城墙保护意识的忽视，也成为南京历代官府与民众集体无意识的事实。所以，自太平天国拆内城建造天王府开始，沿袭此举不仅仅是民间的偷盗行为，亦为官方明火执仗之举，可见在上个世纪初，南京许多建筑用拆墙砖盖房已经悄然进行，到了1958年，便蔚然成风。小时候看到附近的农民堂而皇之地拉着小板车，在光华门、通济门一带城墙边，拖着一车车城砖回家盖房子盖猪圈，但见大光路尚书里一带的许多工人宿舍都是城砖砌起来的。此说虽是闲笔，却也不禁让人扼腕。

赛珍珠楼　此楼曾经持续几十年都是南大中文系的办公楼，如果从南大天文台的西门进入，不足一百米即可抵达。倘若从南大门进入，则必须绕过斗鸡闸，沿着西南大楼南侧的小道，爬上一个坡畈，再沿着一条一米多宽的小路才能抵达。几代南大中文人，都是沿着这条羊肠小道，聚会在此，参政议事。

这栋小楼因赛珍珠故居而扬名，1938年赛珍珠以《大地》三部曲获得诺贝尔文学奖，其实她的小说是极端现实主义的创作，也就是我们今天所归类的"非虚构文学"作品，从1932年获得普利策奖，就可以看出西方人往往是把她的作品当作纪实来看待的。想起当年她从这栋小楼出发，去安徽农村"采风""下生活""体验生活"，车马颠簸，舟船劳顿，也是挺不容易的。她的成功，不仅是让世界瞩目，更是让中国文坛震惊，许多采访者趋之若鹜，徐志摩的到来，也成了日后的花边新闻，谁也不知道他和赛珍珠在小楼里窃窃私语了些什么。

　　这是一栋典型的三层美式乡间别墅，白色的格子门窗，红色的细条地板，并没有法式大宅装饰的豪华气派，也没有意大利巴洛克建筑风格的奢华，简洁明快，倒有点像狭小简约的英伦建筑风格。

　　1970 年代末，我们在一进门左边的客厅里开会，全系教职工也不过七十人左右，那时系里正是大量引进人才之时，每次引进一两个新教师，都会开欢迎会，程千帆、张月超、陈白尘先生来时，已经九十多岁行动不便的陈中凡先生也拄着拐杖来了。他操着浓重的盐城话侃侃而谈，尽管有时跑题，却很有趣，难怪他的研究生董健老师一谈起老师的老师陈独秀从老虎桥监狱一出来就下榻他家，提出了一个有趣且非分的需求时，眉飞色舞，大笑不止。

　　1937 年 10 月中央大学西迁重庆，也就是在陈独秀去世前的 1941 年，他曾先后将自己的《古音阴阳入互用表》油印本寄给胡小石，并嘱台静农寄给陈中凡，自己又亲笔写尺牍给中文系语言学家黄淬伯先生，足见陈独秀在语言学上的用功之深，他也更倚重我系的几位学人。

　　2002 年为庆祝南京大学建校 100 周年，南大文学院徐兴无将院藏的陈独秀与几位先生的遗墨，按照原件尺寸大小影印成尺牍长卷《陈中甫先生论韵及其他》，赠予海内外学人，一时成为佳话。以我个人的拙眼，书法之美应属胡小石和陈中凡，前者个性突出，有黄山谷之韵，如今是入史的书法家；后者乃二王之风彰显，隽永的书卷气惹人心怡。而陈独秀这幅给淬伯先生的尺牍，应为其书法作品的上乘之作，碑体金石味浓郁，是难得的好作品；另一幅致淬伯先生的手札是行草，这才是彰显独秀一方学人性格特征的作品，狂放不羁，不拘一格，随心所欲的性情跃然纸上，力透纸背。我常常遐思，倘若陈独秀专攻语言学的话，即便是兼攻古代文论，肯定会是一个大学问家。再不济，他专攻书法和书论，也会是中国现代的大书法家。可惜他把精力都倾注于政治了，话又说回来，中国的现代政治少了陈独秀还能行吗?!

上个世纪读到陈独秀在坐牢期间未完成的自传中的断篇残简，其中一篇《江南乡试》的散文，很是感慨。这篇非虚构的洒脱文字，让我认识了另一个真性情的陈独秀，他在南京夫子庙贡院参加乡试，剥去了文人们"假正经"的面具，说自己"戕贼得很厉害"。那一段对考棚里大胖子的描写煞是生动，我直可惜陈独秀没有去做一个作家："有一件事给我的印象最深，考头场时，看见一位徐州的大胖子，一条辫子盘在头顶上，全身一丝不挂，脚踏一双破鞋，手里捧着试卷，在如火的长巷中走来走去，走着走着，脑袋左右摇晃着，拖长着怪声念他那得意的文章，念到最得意处，用力把大腿一拍，翘起大拇指叫道：'好！今科必中!'"这样的描写不亚于《范进中举》的文采，正是这样的风景"使我看呆了一两个钟头。……一两个钟头的冥想，决定了我个人往后几十年的行动。"孰料，这样的行动却关乎了中国之命运，这也是许多"五四"先驱者自己也始料不及的。

想到本系从金陵大学到中央大学，再到南京大学的几位传承有序的教授学者不平凡的一生，再看看陈独秀民国时期与他们的学术、生活交往，倘若写成一出话剧，或许并不亚于《蒋公的面子》的精彩，它更能让人沉浸在历史的遐想之中，因为能够深入到知识分子幽微肌理的作品并不多见。

小白楼已经一百多岁了，如今成了赛珍珠纪念馆。赛珍珠卒于1973年，属于中文人的赛珍珠，她活着的时候应该知道这栋小楼早已是南大中文系的办公楼了，但是，她并不知道在这里的许多南大中文系文人曾经的生活沧桑。有作家还专门写了一部关于这栋小白楼的长篇恋情小说，诉说的是那些岁月里，南大中文系文人无尽的挽歌。在那个三楼的阁楼里，发生过多少可歌可泣、可悲可叹的故事呢？恐怕有眼的苍天也无从知晓。

1934年，袁昌英在六年后又一次游历了南京，写下了《再游新都的感想》一文，她用自己翻译的华兹华斯的诗歌，来寻觅一个城市的壮美灵魂，这次她说得不错："一个城池当然有它自己的心灵。巴黎、柏林、纽约、莫斯科、北平，哪一个城不有它特别的精神与气质？换言之，哪一个不有它的城格，正如人之各有其人格一般？"进而她叩问一个国家的首都："新都，你如欲在这天地人间堂堂皇皇地立得住脚，白天不畏阳光的金照，夜里不忌月亮的银辉，你就非将你的心魂捉住在家不可，非创造出轰轰烈烈的特有文化不可。不然，你如何能代表伟大的中华民族而向世人说话呢？临别珍重，幸勿以吾言为河汉。"

一个诗人的想象是无边的，理想主义乌托邦往往让知识分子陷入了改造世界的梦想之中，他们却不见世界有时就是不随着时间的钟摆而改变。时间没有凝固，是人的思想凝固了。

人们总是想在不被凝固中挣扎，这就是人生。

2023 年 1 月 14 日完稿于南大和园

昨日鼓楼风景（下）

鼓楼岗

当看见那幅摄于 1879 年的鼓楼照片时，我惊叹不已：在一片荒凉之地上，孤零零高高耸立在山岗上的三孔城门楼，巍峨雄壮，却又孤独，周围没有任何拱卫陪衬的建筑物，连一间茅屋都不见；没有阡陌田地，连一垄菜畦都没有，与我小时候二十世纪五十年代末和六十年代初见到的模样完全不同。荒漠矗旧楼的苍凉景象，给人一种大漠悲凉的浪漫凄美。

再看到 1902 年那幅鼓楼老照片，三孔门城楼中间则有了一条马路，两边有了砖砌的人行道，把荒凉的土地阻隔在马路旁边了，马车、黄包车也出现在了人烟稀少的镜头中，活气顿生。

民国建都后，鼓楼岗下面的街市已经成型，虽简陋，却有了新都的烟火气和烟水气。

翻阅到了 1936 年拍摄的那张鼓楼老照片的侧影，比照我在二十世纪五六十年代看到的东西走向的北京东路和北京西路，并无大的变化。踢踢囊囊的马蹄声和驴蹄声敲打着路面；那老式凸头的美国福特公司制造的公共汽车，昂昂地行驶在新铺的柏油马路上；穿着中式对襟上衣和折腰裤，并打着绑腿的老派旧式行人，与穿着中山装制服的新都官员，以及穿着长衫和西服的知识人，交错行进在首都人行道上，俨然是一幅反差极大的混搭风格城市风景线。

　　直到 1960 年代，南京街道上到处都有马车和驴车，我耳中听到的并非是飞奔的马蹄疾，而是急驶的驴蹄疾，因为马拉的货物重，它不可能像草原上的烈马那样自由飞驰，而小毛驴拉着空车，在主人忽忽悠悠的扬鞭下欢快奔驰的镜头，往往给路人带来一种莫名的愉悦。如何分辨哪是本地马车和驴车，哪是外地过路的马车和驴车呢？只需观察驴马屁股后面有无马粪兜和驴粪兜便知，外埠和乡间来宁的驴马车是没有粪兜的，入城又无需通行证，所以不受城市马车管理条例的束缚，于是，常常看到路上一串串冒着热气的马粪和驴粪，从奔跑着的马屁股和驴屁股下肆无忌惮地滚落到马路上，顽童们往往就会走上前去，猛踢一脚，那带着草腥味的粪蛋，便如天女散花一般爆炸似的飞散在低空中。

　　当然，那时还有旧都遗留下来的一种豪华马车，那健硕的棕红色、白色或淡灰色的马，毛发油光发亮，头顶上还扎着一绺小辫子，像是马戏团里表演舞步的那种观赏性十分强的马，马车夫手中的藤鞭梢头，也是一束小小的红流苏作装饰，甚是气派。马车车厢上端是放行李的，车厢最多只能容纳六个乘客，关键是那蓝色的马车车厢在城市的马路上飞驰，成为一道靓丽的风景，范儿超过了老式的公共汽车。

　　当年爷爷每次去北京叔叔家，就是预约这样的马车去下关火车站的，说实话，那就是当年的出租车。但必须提前打电话到车行预约，第二天它就会准时到达你家门口，显然，那是五六人拼坐的马车，车内还是比较拥挤的。后来，当我读到莫泊桑的小说《羊脂球》的时候，便立即想到了这样的马车，它虽然比不上那六匹马拉的旅行大马车豪华，但在交通工具十分匮乏的年代里，也不乏是一种比三轮车更加快捷的出行工具了。于是，小说里的人物就更加活灵活现地浮现在我的眼前，车厢里的对话也就生动起来了。

值得玩味的是，我从小在南京城里见到过的那么多的驴车、马车，在几年后插队的苏北水乡里消逝得无影无踪。

如今，鼓楼地铁四号线出口的路面和树木依然如旧，那里曾经是暨南大学的旧址所在，也是改革开放初期南京著名的"英语角"，历史湮没了暨南大学的辉煌，却没能洗刷掉八十七年前鼓楼岗下道路风景的旧颜。

鼓楼广场

我少年时代鼓楼岗的记忆年轮里，是从街边菜畦、陋铺、荒地开始的，如今从鼓楼公园上俯视鼓楼广场，我望见的是不同年代的不同风景，但老南京人从上个世纪至今，仍然把这里叫着"鼓楼大转盘"。大转盘作为鼓楼的别称，承载着百年来鼓楼亦悲亦欢的历史。

有多少南京人知道，1930 年代末，这里曾经仿造新街口广场建塔的历史呢？那年，在空空荡荡的鼓楼广场中央建起了一座不中不西的单檐歇山顶飞檐翘角方亭，名曰"保卫东亚纪念塔"，显然那是汪伪政府的手笔，不难猜想，汪精卫是想在此为自己竖起一尊精神塑像，与南端的新街口遥遥相对，以证明自己是追随中山先生的真弟子，孰料却成为南京和他自取其辱的象征。

1946 年国民政府还都后，蒋介石做的第一件事情，就是派工兵连炸毁了汪精卫在梅花山的墓冢，遂也迅速拆除了这座有碍首都观瞻的耻塔，让它永远消逝在鼓楼岗下。

国府本来计划在此建造一尊蒋介石铜像，我想，这肯定又是那些拍蒋介石马屁的人想出来的点子。新街口广场是国父孙中山大总统的铜像，是他身后人们给他的殊荣，鼓楼广场竖起的是国民革命军总司令蒋中正总统的铜像，这一南一北，正好在南京城的南北要津中轴线的中山路上，然而，人还活着，能行吗？

每天上下班时，我路过鼓楼广场，心想，幸亏蒋介石在内战又起时，没有建成自己的铜像，否则，鼓楼广场后来的历史剧情路数就有另一番十足的戏份了，"蒋公的面子"会很难看的。

有轨电车

不知从何时起，穿越鼓楼的那种老式的福特公共汽车，被无轨电车所替代了，南京东西南北的两大交通枢纽中心，逐渐从新街口移到了宽阔的鼓楼广场，来往的车辆围着蛛网般的有线电车缆线转圈子，给"鼓楼大转盘"平添了一道时髦的现代化风景。

　　若干年后，我在欧美大城市，甚至在莫斯科和圣彼得堡，看到的是在中国已然绝迹的有轨电车，便十分新奇。作为一种古董级的运输工具行驶在大都市的街道上，那古老的电车铃声，从遥远的历史中传导在你的耳畔，仿佛置身于旧时代上海滩的大马路边，眺望着这个庞大的怪物向你隆隆驶来，巨大的文明反差让人回到一个城市的历史语境之中，给人一种莫名的深度审美愉悦。

　　那些年代，路过"鼓楼大转盘"，多少穿越这个城市的汽车、电车、卡车在此汇合，常常见到电车的辫子掉线时，穿着印有公交公司工作服字样的电车女司机，婀娜多姿地跳下驾驶室，戴着白纱布手套拉扯电车辫子的情形。此时，漂亮的女司机嘴里往往会冒出几句极其粗鄙的南京脏话来，不堪入耳，却会赢得车上那些小杆子们的一阵欢呼和口哨。一俟辫子搭上电缆，立马发出滋滋的响声，红蓝色的电光一闪，电车就又启动了，车内一阵叫好，于是，那漂亮的女司机便自豪得意地爬进驾驶室，一撸刘海，潇洒地踩动了电门。

　　车内则是另一番风景和风俗了，长长的两节电车有前后两个女售票员，她们的功夫了得，虽然她们有自己售票的专座，那专座前面有一个长五六十厘米，宽约三十厘米的小台子，一把可以收放的椅子，但是，她们的敬业精神很强，很少坐下来，而是游刃有余地穿梭在人肉贴人肉的夹缝中，吆喝着掏月票、买车票，生怕漏掉一个逃票者。

　　上下班时，往往见到车门已关，车已正常行驶，人体还一半在车里、一半在车外的风景，大约并不局限在南京这样的城市里。

那个时代的公交车票很便宜，一开始像上海一样，还有两分钱三分钱的车票。一站从头坐到尾，也超不过两角钱。售票员用食指在票夹子里的湿海绵上一点，便迅速在排列好的各种分值的车票轻轻一划，又用票钳在票上打上一个圆孔，过程不足两秒钟，也算一种熟能生巧的技艺。

在计划经济时代，公交电车和汽车是当年绝大多数南京人的交通工具。一般家庭无钱买自行车，即使攒够了钱，也很难弄到自行车购物券，除非你有外汇券。当我有了第一辆自行车的时候，我就再也不坐电车和汽车了，因为我无法忍受那种上下班时人肉贴人肉的恶心与罪恶，尤其是夏天，除了汗臭味、口臭味，还有弥久不散的闷屁味；钱包被窃是常常发生的事情，我就有过三次被窃的经历；最尴尬的就是那人贴人的感觉，实在让人难堪之极。男人贴男人，女人贴女人还好，而男人贴女人，无论是前贴还是后贴，往往会引起争吵，厉害的女人轻则谩骂，重则扇耳光，但遇上了"小纰漏"就不好说了，一个巴掌回敬后，理直气壮地说：又不是我要挤，你怕挤，去做小包车啊！女子便语塞。当然许许多多的女工，尤其是结过婚的女子，对这种拥挤不堪的现象司空见惯了，天天如此，见多不怪了，而未婚女子却是敢怒不敢言。

直到二十一世纪"非典"流行的 2003 年，我从鼓楼校区乘坐11 路公交车回锁金村，车上竟无一乘客，只有司机、售票员和我三人，每一站都无乘客在站台上候车，公交车一路狂奔，成了我的专车。这是南京公交历史上史无前例的一次车行记录，却让我遇上了。

没有拥挤的公交车真好，直到二十一世纪后，随着小汽车的普及，以及四通八达的地铁线贯穿主干道，公交车是不挤了，但是鼓楼广场的车流量却更壮观了，车堵替代人堵。

酒　家

从鼓楼到新街口的南北轴心中山路要道上，云集着南京许多著名的老字号酒店饭馆，马祥兴、六华春、老广东、三六九、鸡鸣酒家、胜利饭店（1930 年代建成的福昌饭店）……这些酒家饭店因为达官贵人的光顾而声名鹊起，民国时期的官员"吃货"，如谭延闿、于右任之流，都是文化名人，而更多的是大学里的名教授们，更是为南京酒楼饭馆的烹饪文化增光添彩，那些一介武夫的官员们，只是跟吃的附庸风雅食者。那么，这些酒家老板的聪明之处，就在于他们对社会贤达和高校教授格外尊重，他们深深懂得，饭店的名厨好请，而能让他们鸣世的文人口碑难觅。

鼓楼大转盘广场西边的那家回民饭店马祥兴酒家，虽然开业于 1840 年，却原是在城南的一家河南人办的一爿并不起眼的"马祥顺"小饭铺，正是因为前南京大学的一级吃货教授们在此间的食闻逸事，引发了食客汹涌而来，方才成就了它的崛起。没有胡翔东、胡小石的光顾助推，没有"美人肝"菜名的故事由来，哪有这爿酒家"四大名菜"诱惑食客的招牌。虽然 1946 年黄裳先生慕名来南京光顾这家酒店时，专门诟病过"美人肝"的菜名过于残忍了，但是想吃"美人肝"的食客却大有人在，且缕缕不绝，想必吃"美人心肝"的味道是"食翁之意不在口"吧。

这家酒店是 1958 年搬至鼓楼的。直到 1980 年代，我才有幸抱着十分复杂的心情去品尝这道菜，看着这盘"美人肝"，撰起一块，一口下去，味道不过尔尔，大失所望。"四大名菜"中的松鼠鱼，也比不上苏州松鹤楼的松鼠鳜鱼做得可口地道；凤尾虾和蛋烧卖也早已不适应现代人的口味了。如今这家菜馆搬至湖北路，除了包厢的墙壁上布满了诸多民国文人食客的遗墨与旧照外，名菜已无名声了，时代的味蕾淘汰了这爿老字号的"四大名菜"，因为世间再无文人食客味蕾上的舞蹈。

"六华春酒店"也是南京的老字号酒家，它始建于清末，作为讲求色、香、味、形、器的正宗淮扬菜系的大本营，烹饪行当中云集着来南京闯荡江湖的顶尖厨师。出了南大八舍南园南门，广州路至新街口这一条短短的路程中，林立着当年许许多多饭店酒家，而"六华春"却能独树一帜，那是因为胡小石先生为它题写了招牌，引来了国民政府要员贵人和豪门贵族的光临，更因为宋美龄领着一帮家族成员在其间大啖美食的故事，让其蓬荜生辉。这爿本是在夫子庙贡院街的店家，也是 1958 年迁至鼓楼与新街口之间的，所以当我六七十年代走过那里的时候，始终没有弄懂其招牌上写作的"京苏大菜"是什么意思。

直到 1970 年代末，"六华春"的掌门大师胡长龄老先生，奉省商业厅之命，去扬州的江苏省商校为烹饪班的学生讲课，并亲自掌勺演示教学菜，方才领略了这位大师的尊容。因为其时我正与一帮商校的年轻教师居住在食堂上边的 13 号筒子楼里，其中有几位是红案和白案的年轻烹饪教师，而胡长龄与陈立夫的一位家厨也暂住于此，也就有了点头之交。年轻的教师们经常把他做的教学菜廉价买回来，作为痛饮黄龙的下酒菜。时常看到这两位步履蹒跚的老人气喘吁吁地爬上二楼，想到他们是民国旧京的名厨，便顿悟出所谓"京苏大菜"招牌的由来了，民国旧都的江苏大菜为什么可以横行南京，乃至蔓延至各大城市，可谓占尽了天时地利人和，并影响了中华人民共和国的开国大宴。不过1970年代末吃了胡大师的名菜"炖菜核"，也没有什么特别的感觉，倒是他们的传统名菜"顿生敲""香酥鸭""金陵圆子""鸡蓉鲍鱼"和"金陵叉烧"口味不错。但是，那个时代能够去那里消费的老百姓甚少，即便食材并不奢华，全靠刀工、做工的淮扬菜系，只因囊中羞涩。

俱往矣，自1968年南京新火车站建成，"六华春"迁至那里后，就一蹶不振了，至今南京知道这个酒家的人，不是驾鹤远去者，也是耄耋老人了。

老百姓在鼓楼一带时常饱口福的皆为小吃，去马祥兴吃一碗牛肉汤面，到鸡鸣酒家吃一笼汤包，最多再加上一碗馄饨，已经是心满意足的美餐了。

一旁的鼓楼食品商店有着各种各样的食品，一般老百姓进去逛商场，只能买一些廉价的糖果，至于上海的大白兔、牛轧糖、酸梅糖，一上柜就被抢购一空。普通人家买不起奶油蛋糕，最奢侈的果腹点心，就是南京食品厂油纸包装的小蛋糕，还有就是冠生园食品厂生产的桃酥。当然，最受欢迎的就是蜜三刀和大京果了，这些高糖食品不只是满足了那个年代的口腹之欲，还是遏制因营养不良引发肝肿大的良方妙丹，当时满世界都难找到一个高血糖患者。

至于鼓楼岗下的那片友谊商店，非老百姓的闲逛去处，没有外汇券和外币者莫入，见同班的华侨家庭同学在那里买过一辆十分漂亮的宝蓝色自行车，风驰电掣地驶过御道街，大家只有羡慕却没有恨。

广州路南有一个长江南北货商店，那里有琳琅满目的各地特产，最是吸引南京普通居民眼球的地方，小时候嗜食腌制的橄榄、话梅，以及奶油瓜子之类的小吃，就是滥觞于此。那是童年少年时期的味蕾记忆，它们必将绕在你的齿间一辈子。

小时候最喜欢去的就是鼓楼食品商店，而最不愿去的就是那个红霞布店。我妈常常让我去那里，挤在一群妇女的队伍中排队，为的就是买什么时髦的乔其纱、凡立丁之类的布料，然后，找街头做衣裳有名气的裁缝做成衣裤。实在不行，就是让裁缝剪裁好后，回家用缝纫机自己缝合。那个年代几乎家家都有缝纫机，主要功能并不是买布做衣服的，因为那时买布是凭票的，每人每年一丈六尺，缝纫机是用来缝衣服、改旧衣、打补丁的。如今，缝纫机已经成为文物，哪个家庭还使用它呢，只有买来的新裤子的尺码嫌长，才去缝纫店里剪裤腿。那时讲究裤子烫得笔挺一条缝，如今再也看不到这种"土鳖"打扮了。

电影院

靠近鼓楼有两个电影院，一个是曙光电影院，一个是胜利电影院。小时候看电影都是在工程兵学校电影院，没有票就让家属队的同学冒充家属混进去，如果是夏天在露天广场上看电影，就更加方便了，翻墙头跳将下去，直奔大操场即可。正儿八经地坐在电影院里看电影，除了小时候在大华电影院开过两次洋荤外，就是 1970 年代末至 1990 年代在曙光和胜利电影院里看新上映的电影，从《小花》到《天云山传奇》，再到《泰坦尼克号》，那里赚走了我的许多眼泪。

其实，在我一生观看电影的历史中，最让我震撼的是两个时刻：一个是 1979 年南京大学发放了一些内部电影票，地点在不远处的山西路军人俱乐部，放映的都是所谓的"过路片"，均为名著改编的外国影片，像让我陷入沉思的陀思妥耶夫斯基的《白夜》和《白痴》、哈代的《德伯家的苔丝》，油画般的风景画面与苔丝的悲剧命运形成的巨大心理反差，让我顿悟出乡土文学风景画运用的艺术手法的复调效果。另一个是 1985 年我们在中国社科院文学所和《文学评论》举办俗称"黄埔一期"的进修班时，在小西天中国电影资料馆，观看西方现代派电影引起的震撼和争论。

如今坐在电影院里看电影的机会越来越少了，我们老了，几百上千人座无虚席地观看电影的时代已经远去，如今电影院已然成了年轻人追逐时尚的聚会场所。

自 2012 年，南京大学主校区从鼓楼校区迁徙到仙林校区以后，鼓楼离我越来越远，偶尔路过，抹不去的记忆立马浮现在眼前，许多陈年旧事跳将出来，一个个逝去的前辈学者面影让我唏嘘不已，我在黄泉路上追逐他们，届时我能向他们诉说些什么呢？

2023 年 3 月 4 日初稿于南大和园
3 月 12 日定稿于南大和园

再寻豁蒙楼

二十五年前的今天，我登上了无人迹的鸡笼山，去寻觅传说中的豁蒙楼遗址，因为我一直以为那里是南京文化的精神高地，回来后，就着暮色，即刻写下了《豁蒙楼上话豁蒙》的文章。

行走在大年三十除夕时分的宽阔街道上，见人稀车少，于是突发奇想，驾车去城里，再看一下鸡鸣寺上的豁蒙楼。

一路狂奔，到了市府门口，转弯到鸡鸣寺街角，猛然见到游人如潮的风景，不禁大吃一惊。本想凭着二十五年前的老经验，选择除夕人人都在家忙年，寺庙寂寞无声，正是独上高楼，望尽天涯路的最好时机，焉知今日鸡鸣寺却一反常态，涌来了红尘滚滚的人潮，一眼望不到头的人流直到台城尽头。

进了山门，方才悟出了原委，人流如织的善男信女香客们，是奔着这个有着一千七百多年历史的灵验菩萨而来的，大约南来北往的香客们笃信"舍身奉赎"的"菩萨皇帝""皇帝菩萨"梁武帝建造的同泰寺是最灵验的寺庙吧，每年"龙抬头"之日，许许多多香客必来此地进香许愿还愿，所以，东南大学路上的那条"进香河"虽早已改成了暗河，"进香河"的地名却永远留下来了。

据说，这千年古刹最灵验的是祈福消灾保平安，难怪今年放开了的人群蜂拥而至，此番敬香者已经不再是老者了，绝大多数都是年纪轻轻的善男信女，各人捧着香火，在并没打开殿门的各个大殿门外磕头敬香，尤其在药师塔小小的门洞前，挤满了排队祷告的人群，个个面色凝重，虔诚跪拜。二十年前，我们曾经特地陪着一个理论刊物的年轻女编辑，来同泰寺大殿前敬香，原因是她结婚多年尚未怀孕，据说这里的求子观音特灵，于是见她三叩九拜，十分虔诚，果然，回京后她很快就生下了一个大胖小子，这让从不相信菩萨显灵的我默默无语。

挤在人群中，好不容易登上了山顶，观音阁大殿大门也没开，少年时代爬上山来专门寻购尼姑庵小店里麻油菜包的简陋小店，如今已荡然无存；二十五年前那爿并不大的素食店，如今已然扩大成颇具规模气派的"百味斋素面馆"了。询问穿着道袍的年轻尼姑，豁蒙楼的遗址今在何处，她清秀白皙的脸庞上露出了惊讶之神情，这里没有"和门楼"啊。我说，你是神学院毕业的吧，她浅浅一笑。

其实，我知道观音阁右边就是豁蒙楼遗址，如今被这"百味斋素食馆"占去了部分，好在那爿与周边翻修一新的楼堂馆所极不相称的旧茶馆还在，不过那个木结构的旧楼已荡然无存了。二十五年前，我写到忆明珠先生在此喝茶写作，写到那个"新月社"成员 1932 年写《豁蒙楼暮色》的现代文学作家，如今仿佛影影绰绰又浮现在我眼前，如烟的往事就真的隐入了历史的微尘吗？如今尚有几个南京人知道豁蒙楼呢？

豁蒙楼是当年的两江总督张之洞为其弟子杨锐所建，前几年，我的同事徐有富教授在他的散文《风雨豁蒙楼》中对其来龙去脉有过详细的陈述，正如张之洞所言："某夜，风清月朗，便衣简从，与杨叔峤锐同游台城，月下置酒欢甚，纵谈经史百家、古今诗文，憺然忘归，天欲曙，始返督衙。置酒之地，即今日豁蒙楼基址也。"置酒之地，高谈阔论，歌吟诗词，纵论天下大事，江湖师生义气图卷跃然纸上，可惜没有画家将此豁蒙楼江山图描绘出来。

杨锐是因"戊戌变法"被斩首于北京菜市口的六君子之一，作为老师的张之洞，几次三番托人上疏，甚至拜托荣禄上疏老佛爷，为其曾经的幕僚杨锐开脱罪责。就从这一点来看，我并不认可有些历史学家将张之洞看成两面三刀的维新派叛徒，因为，作为一个朝廷大员，为反贼开罪本身就是犯罪嫌疑人，他能挺身而出，证明他还是有人性底线的。

七八年前，有朋友请我为"长安派"画家王西京写画评，其中一幅六君子的《远去的足音》图，引起了我的共鸣，我以为这才是画家触摸到历史人物脉搏的创意制作，而他以往的作品最终还是没有突破传统宫廷画一味"颂"而缺乏更深层"思"的内涵表达。窃以为，倒是他早期的现实主义力作《远去的足音》才是其创作的高峰，且不说墨色的运用勾画出了那个时代黑暗的历史背景，六君子形态各异的表情就足以引起我们对那段痛史的反思，唤起我们对一代政治英烈（虽然他们还算不上严格意义上的政治伟人）英雄壮举的景仰，作者在整个构图上的精心设计令人击节，粗犷豪迈的风格中透露出了睿智而凝重的深刻思考：那幅力透纸背的带着刚劲力度的魏碑书法风格的长幅题词，对此画做出了最好的观念注释。我注意到，王西京的书法往往成为其与绘画相辅相成而不可或缺的艺术对应，这种与绘画形成互补效应的同源艺术，非文人画的一般点缀，它更有一种中国画构图的特点，这已然成为王西京作品的一道风景线，应该说它的创意性是很强的，而此幅作品采用了其鲜用的魏碑书体，就是要呼应其笔下人物彪炳青史的绘画语言表达。更值得称道的是，那似乎随意散落在六君子足下的十几片红枫叶，不仅仅是在色彩运用上跳脱起来了，更重要的是它突出了一代英雄伟人血染大地的政治寓意。也许正是这些远去的伟人距离我们的政治生活较远，作者才能挥洒自如地去驰骋自己的想象和表现，不受任何拘束地尽情表达自己的情感，这才是人物画中文人的人文精神表达的最高境界！放开想象，肆意挥霍自己的情感与想象，才能创造出有新意的作品来。当然，杨参军绘制的《戊戌六君子祭》也是震撼人心的力作，因为画家将英雄描写成了普通的刚烈囚徒。

张之洞之所以用杜甫的"朗咏《六公篇》，忧来豁蒙蔽"作典，显然是有用意的，但至今仍无人透解，窃以为，作为提倡改革的洋务派领袖人物之一，张之洞借用唐代六公诗篇来隐喻维新派的遭遇，其实，赞颂唐代狄仁杰与"五王"张柬之、桓彦范、敬晖、崔玄晖、袁恕己六公的诗篇为虚，实为以此颂扬后五人发动的著名"神龙政变"，用历史事件来影射"戊戌变法"，用"五王"被流放、虐杀来隐喻六君子被虐杀，足见张之洞用典建造豁蒙楼的良苦用心。

张之洞是一个褒贬不一的历史人物，作为一个从中国封建社会过渡到近代，并向现代性社会转换过程中的变革官僚，他在政治、经济、外交和教育上所花的力气甚大，其历史的进步作用是不可小觑的，其大节是不亏的，说他是假道学乃为不公之词。他创办了中国许多大学，就拿他任两江总督期间创建的南京大学前身两江学堂而言，便功不可没。一个在职的官员能够不计后果公然为枭首的旧部下建造纪念楼宇，实乃要有大气度才行。

张之洞理解他的弟子幕僚杨锐，为其身后树楼立传；而他死后，最能理解张之洞的人，也还是他的下属幕僚，樊增祥有联云："取海外六大邦政艺，豁中华两千载颛蒙，弱者使强，愚者使智；有晏婴三十年狐裘，无孔明八百株桑树，公尔忘私，国尔忘家。"他诟病"中华两千载颛蒙"，足见其对国民性的认知比"五四"先驱者们还要早，为众生"豁蒙"，并不仅仅是颛蒙念佛之本义，而是启蒙之意也，如此说来，不知道张之洞算得上一个早期的启蒙者否。

一百二十九年过去了，如今连借重建的景阳楼悬挂的豁蒙楼匾额都不见了，更谈不上当年张之洞亲笔题写的豁蒙楼匾额，连一帧照片都没有留下。今世的南京人鲜知豁蒙楼似情有可原，而读书人不知这段近代史，却真的有点羞耻。

我悻悻地走出山门，突然想起了胭脂井还没看，便又折返回去寻井，谁知改造了的后院早就被许多新的建筑物所遮挡，无从觅井了。问了几个操着北方口音正在兜售寺庙开光纪念品的僧尼，他（她）们竟也不知啥"燕子井"，倒是一个打扫卫生的女工指着东方，让我绕过几个台阶下到最底层，便可见到。

终于，寻到了久别重逢的胭脂井。这里却是清净得出奇，竟然无一香客在此勾留。这与我当年看到的颇荒凉的胭脂井不同了，新修葺的碑、亭平添了些许景阳时代的奢华，不辱张丽华的名号和仪容了。

此胭脂井与安徽潜山三国时期大乔小乔落胭脂粉入井的胭脂井相去甚远。此井原为景阳井，亦称辱井，想当年，隋兵攻入台城，慌不择路的陈后主，竟愚蠢地带着张丽华和孔贵嫔，躲在这口枯井中躲避。此亡国之痛，早已被世人忘到了九霄云外，而更能让人记取的却是另一个出生于南京，号为"钟山隐士"的李姓南唐后主，因为他那些柔美词曲的艺术魅力，远远大于他末代皇帝荒诞的历史罪过。一首《虞美人·春花秋月何时了》是中国文学史绕不过去的名词，"问君能有几多愁，恰似一江春水向东流"成为许许多多中国人的生存哲学。

而这个陈后主就没有李后主那么幸运了，除了王安石那首辱井诗外，元代张翥的《辱井栏》也是极尽讥讽羞辱之词："好事能收断石存，摩挲堪忆古云根。楼空野燹钟何在，宫没寒芜井已堙。古篆半留栏上字，妖姬犹有墓中魂。试扪凹处殷红湿，不是胭脂是血痕。"此词犹有红颜祸水之意，那是封建时代的文人为皇帝开脱或减轻罪责之辞，是带有男权思想的意识形态，不足挂齿。然而，历史应该记取的教训是什么呢？也许可以从游人香客不愿去胭脂井的缘故中可知。

1921 年 12 月 8 日中国现代文化和文学的先驱者之一胡适先生也登上了豁蒙楼，他在白话诗《晨星篇——送叔永、莎菲到南京》写道：

> 我们去年那夜，/豁蒙楼上同坐；/月在钟山顶上，/照见我们三个。/我们吹了烛光，/放进月光满地；/我们说话不多，只觉得许多诗意。

> 我们做了一首诗，/——一首没有字的诗，/——先写着黑暗的夜，后写着晨光来迟；/去那欲去未去的夜色里，/我们写着几颗小晨星/虽没有多大的光明，/也使那早行的人高兴。

> 钟山上的月色，/和我们别了一年多了；/他这回照见你们，/定要笑我们这一年匆匆过了。/他念着我们的旧诗，/问道，"你们的晨星呢？/四百个长夜过去了，/你们造的光明呢？"

> 我的朋友们，/我们要暂时分别了；/"珍重珍重"的话，/我也不再说了。——/在这欲去未去的夜色里，/努力造几颗小晨星；/虽没有多大的光明，/也使那早行的人高兴！

说实在话，我对这种平淡如水、无病呻吟的蹩脚白话诗，真的没有什么诗意的感觉，"五四"白话诗只有刘半农那首《叫我如何不想她》，才是白话诗的极品。关键问题还不在于此，此时登上豁蒙楼的胡先生，不可能不知道豁蒙楼的来历，全诗却全无一句吊古之辞，或许这就是他"少谈些主义"的思想所致吧。胡适是我尊崇的文化和文学大师，可是他在豁蒙楼上抒发的从黑暗的夜色里数着那些光明的晨星，似乎是对豁蒙楼的不敬，这也是鲁迅先生诟病胡适的痛处吧。

鸡鸣寺的菩萨与中国其他寺庙里坐北朝南的传统规制不同，这里菩萨的身段和面目则恰恰相反，是坐南朝北，佛龛上的楹联书："问菩萨为何倒坐？叹众生不肯回头。"是啊，回头是岸，却有几人回头呢？包括那个误国皇帝梁武帝和那荒淫无度的陈后主，若知结局，早就回头了，可是，历史往往是没有预料的。

小杜有"南朝四百八十寺，多少楼台烟雨中"的名句，如今多少寺庙楼台都被历史掩埋，唯有这"南朝第一寺"却始终高高屹立在南京的市中心。但是，一千七百多年的皇家寺庙早就被消费文化所吞噬，而近代的"豁蒙"意识也已烟消云散，失魂落魄，驾鹤而逝，鸡鸣寺倒是更适于南唐时更名的"圆寂寺"。

再出山门，随着熙熙攘攘的人群登上台城，望着蜿蜒逶迤的城头通衢，突然想起韦庄的《台城》诗句："江雨霏霏江草齐，六朝如梦鸟空啼。无情最是台城柳，依旧烟笼十里堤。"感伤之情油然涌上心头，皇帝重臣们且如此，个体的平民更是一粒沙子，隐入在历史的微尘之中。然而，作为一个现代士子，面对历史的台城柳，焉能如鸟啼那样鸣叫一下？即便是微声空啼，却也是一种发声。

豁蒙楼今安在？

在芸芸众生的人流中，我只想做一只在豁蒙楼边柳树上鸣叫的小鸟。

2023 年 1 月 21 日草于农历除夕夜

新年初一日修改于南大和园

仙鹤来仪

　　绝大多数南京人都是很不熟悉仙林这个地方的，因为栖霞区历来是南京最穷的郊区。半个多世纪前，我们曾经到附近的"十月人民公社"去支农，那是伟大领袖视察过的地方，山少地多，农业较为发达，而距此地不远的南边仙林一带，却是一个丘陵起伏、湖泊湿地较多的地区，山多地少。显然，这里很难发展农业，即便"农业学大寨"的春风，也没有吹到这里，然而，这里却是南京自然生态环境最好的区域。

　　二十多年前，仙林大学城尚在图纸上游荡着，我就驾车去了仙鹤门，在"大车扬飞尘，亭午暗阡陌"的土路上，穿越用长长的毛竹竿挡住的铁路道口，艰难地来到了这个叫作仙鹤门的地方，一片荒凉。待到南京师范大学作为第一个吃螃蟹的学校进入大学城的时候，仙林大道开通了，从312国道的玄武大道右转，看见仙林地区的标志——那个鲜艳夺目的红色亭阁出现在那路边的小山顶上，以及石壁上刻着的两个金色的"仙林"二字，便是进入了仙林区域。开始，我认为这名字太俗，但一查史料，方知其悠久的来历。

　　那座百米高的土丘叫仙鹤山，原来是汉代的一座还颇有名气的道观，也是南京最早的道观，这里曾经也是楼宇殿堂齐全的去处，可惜逐渐毁于民国和1950年代，这些历史我以前毫无所闻，大约也很少为南京人所知。

如今重新修葺一新的两层八角飞檐的仙鹤亭，也颇为壮观，为什么仍然鲜有人问津呢。我相信，除了住在仙鹤山庄小区附近一带的居民登临过仙鹤山，百分之九十的南京人都没去过此景，原因就是那里为南来北往的交通要津，连一个停车的地方都没有，何以登小丘，饱览仙林胜景焉？

其实，仙林真正有历史名气之时，应该是在明朝，朱元璋攻打南京时，见此处地势险要，便在此建造了一座外城门，名曰仙鹤门，也许这是朱牧儿在登基前所建造的第一座属于朱明王朝一统江山的南京城门吧，虽不壮观，但在仙鹤观屯兵驻守一年多后，攻下南京的朱牧儿，庆幸有这外郭城门的拱卫，才顺利拿下了他梦寐以求的南京城池。

当朱洪武在锣鼓喧天的庆典中，决心建造世界上最大最长的城墙之时，是否就是这已经建造好的仙鹤门触发了他的灵感，把内十三外十八的城门构筑成这个城市的通衢景观，以永固江山呢？谁也不得而知。如此说来，仙鹤门还是明代建都前所建造的南京城池第一门呢，所以，朱元璋将它归于外十八城门之首，足见对它的重视。

至于在南京保卫战中，唐生智这样昏庸的指挥官，让日军很快就破防了仙鹤门，和当年朱牧儿一样，日军在此建起了碉堡，随着朝阳门（中山门）、正阳门（光华门）和（聚宝门）陆续被破城门，南京宣告失守，让南京人蒙受了巨大的耻辱。

我家住在仙鹤门的东南面，这里原是延绵起伏的丘陵湖泊地带，自打被开发为大学城以后，长达十公里、宽一百四十米的八车道的仙林大道两旁，南北楼宇洋房别墅迭起，交通阡陌纵横，地铁呼啸奔驰，俨然南京最优雅的副城区了。我曾经把这里比喻成为"四叠纪"文明形态的历史交汇处，是人类文明进化的博物馆——原始文明、农耕文明、工业文明与后工业文明集聚在一个时空中的奇观，才是它最大的特色。

在最高不过二百米延绵的灵山山脉，山上多为杂草与灌木，即便是树林，也并非是那种高大的阔叶林树木，亦非针叶林树木，皆为鸟儿衔来的各种各样杂树种子长成的杂树，倒是漫山遍野高大的旱芦苇和白茅草，煞是壮观。秋天一到，长长的芦苇梢和白茅在风中摇曳，野山地里的风景，便有了十分的活气和浪漫。

山里的野猪、野兔、獾子等动物稀少，倒是野狗不少，然而，这却不是原生态的兽类，而是人类豢养的"弃儿"。

这山上最多的是各种鸟儿，据说有上百种，我却不以为然，成灾的是麻雀，多的时候，成排集合列队，站在漫长的高压电缆上，将电线活生生地拉成了一道向下的抛物线；偶见白鹤，既非丹顶，也非羽冠，就是那种最普通的白鹤，其数量也寥寥，不如我在汤山树林里看到的几百只的鹤群壮观；见到最漂亮的山雀就是戴胜、红头长尾山雀、朱颈斑鸠和仙八色鸫；而见到最普通的鸟群是斑鸠、白头翁、喜鹊和灰喜鹊，漫山遍野都是，但凡有树之处，便有它们的身影和鸣叫声。

每天清晨，我最喜欢的去处就是这里的两个湖泊，一个名曰羊山湖，一个名曰仙林湖，还有那些大大小小的湿地。我从不相信什么"仁者乐山，智者乐水"，我也爱山，但沿海地区的江南江北无大山可观，自小长期生活在水边，也因在里下河水乡里摸爬滚打了六年，每天都与水泊船帆为伴，潜意识中的水文化早就满溢在生活的表层和思想的肌理了。

东方既白，当我行走在湖边或湿地的小路上，一俟见到湖里各种各样的水鸟在游弋，便心情大悦起来。

这里最多的是白鹭，小学课本里读到的第一首最有画面感的古诗，就是"两个黄鹂鸣翠柳，一行白鹭上青天"，谁说老杜不浪漫，他送给我的浪漫，是我一生受用的风景。

过去，我总是把白鹤与白鹭混淆，其实这是两个完全不同的鸟类种群。白鹤属于鹤科，体型大，以食植物为主，兼食鱼类，我们院子里偶尔会有一种灰白色的大鸟出没，栖息在鱼池上方，我怀疑这就是鹤科的一种。它看准了池鱼，便一个俯冲，叼起一尾挣扎着的鱼儿就展翅而去，真是"白鹤一去不复返，白云千载空悠悠"。它们迁徙时像大雁一样，我们上小学时的第一篇课文上，就是这样描写的："一会儿排成'一'字，一会儿排成'人'字。"

然而，我从来就没有见过"一行白鹭上青天"的诗意景象，看到的却是当一群白鹭飞临湖上时，它们就立刻各自单独寻觅自己的领地了。我只见过白鹭在群主的召唤中，同时飞离湖泊湿地的景象，那是"一群白鹭上青天"的壮观风景。

生长在仙林的大小白鹭似乎并非候鸟，是常年生活在南京的鸟类吧，我一年四季都能见到它们的身影，或许它们才是仙林的灵魂鸟类。

白鹭属于鹭科，体型比白鹤小得多，但也分大中小三种，我们常见到的是大型的，小型的并不多，我推测，这里没有水田，因为过去在苏北水乡稻田里，常常见到那种娇小苗条的长腿白鹭，乡里人叫作"咯咚子"，这是一个仿声词，它的叫声如此。而今，我见到仙林湖湿地里的白鹭，体型也很苗条，贴着水面飞翔时，其气质高雅，美轮美奂，令人心旷神怡。但是，长期观察下来，我发现白鹭成群地飞到湖里后，它们都是分开的，踽踽独行是它们的生活习性，而多数时间，它们各自都蜷缩在岸边，一脸的猥琐，它们在想什么呢？有时，它还在人行步道上漫步蹀躞，我常想，倘若芦苇都会思想，难道它们就不会思想吗？猜想独自伫立的白鹭在思考的问题是：你们人类侵占了如此多的土地和湖泊，难道就不允许我们自由自在地倘徉和蹀躞在湖里湖边吗？但我一走近它，想将它的行状拍摄下来时，它便与我拜拜了。

我经常在九乡河大桥看到一只白鹭像哨兵一样伫立在水流边，"在水一方"的它，似乎并无浪漫苦恋的感伤神情，两眼连"间或一轮"的神态都没有，竟然可以纹丝不动地站立一两个小时之久。日复一日，终于有一天，我看见它猛然叼起了一条活蹦乱跳的小鱼，却仍然很是淡定，缓缓走向岸边，显然，它的耐心比人类要强大得多。

要看浪漫吗？这里也有。偶尔也见着一对对鸳鸯在湖里游荡，它们并不像白鹭那样，你走近，用相机拍摄它们，它们也满不在乎，也许它们光顾着谈恋爱，不屑于缺恋少爱、无趣生活的人类的干扰吧。

我也曾经偶然看见一对黑天鹅交颈在河面上，便用手机放大拍摄了它们的欢愉。动物世界里的种种行状，让我陷入了无限的思考之中：一边是林立的现代化高楼大厦和隆隆疾驶的地铁，一边是近于原始的植物和动物的栖息风景，人类的未来与如今艰难生存的鸟群会是同样的命运吗？

春天又要来了，第一个报春的树就是最最普通的柳树，十几天前，我就在湖边的岸柳上看到它在吐露春天的气息了，那柳条开始有点发绿了。渐渐地，又冒出了小小的嫩芽尖，这两天则益发绿了，在微风中摇曳着，召唤着。

看到被刈倒的大片大片的旱芦苇、水芦苇和茅草，以及湖边的菖蒲，明知这是园林工人让其春天长出新枝叶的举止，我却还是悲从中来。回想起半个多世纪前，苏北的农民为刈芦苇作柴火燃料，被困在宝应湖中饥寒交迫的情形，倘若有这样无人认领的垃圾，简直就是一笔巨大的横财，该是多么幸福的事啊！沧海桑田，仅仅半个多世纪，我们的生活就发生了如此巨大的反差。

可是，这两天白鹭却突然渐渐少了，难道它们不喜欢这里的春天，迁徙到别处去了？经过一个冬季人类疫情的思考，或许它们冷眼看人类，认为"生活在别处"更好？万一一年四季都能见到的白鹤走了，我只能黯然神伤，流下并不廉价的热泪。

没有漂亮的鸟儿，没有鸳鸯和黑天鹅的风景，我都可以忍受，唯独天天见面的白鹭却是生活中不可或缺的一道风景线。

来到仙林居住也有六年了，并不指望白鹤来临，只须有鹭即可。栖霞区将"仙鹤来仪"作为这个地区的精神地标，希望它成为永远的长寿之地，而此地空有仙鹤门的地名，既无仙鹤，也无门，历史走了，我也不相信什么仙鹤来仪的祝愿。

想起唐人元希声一首诗中的那句出典于《诗经·大雅》的"凤凰鸣矣，于彼高冈"的"有威者凤，非梧不居。梧桐生矣，于彼朝阳"。无凤可居，无梧可居，无鹤亦可居，唯独无鹭不可居也。

我的理想就是想留住白鹭常驻此地，也不枉平添一丝原始风景的野趣，让余生在些许浪漫的风景和风景的浪漫中，慢慢地老去消逝。

倘若连白鹭都不愿与我们为伍，我们的生活还会回到哪里去呢?!

2023年2月3日立春前夕写于南大和园

2月5日上午8时改定于和园

图书在版编目（CIP）数据

消逝的风景 / 丁帆著. —南京：江苏凤凰文艺出
版社，2024.4

ISBN 978 - 7 - 5594 - 7575 - 6

Ⅰ.①消… Ⅱ.①丁… Ⅲ.①散文集–中国–当代
Ⅳ.①I267

中国国家版本馆 CIP 数据核字(2023)第 038146 号

消逝的风景

丁帆 著

出 版 人　张在健
责任编辑　胡　泊　王　青
责任印制　杨　丹
出版发行　江苏凤凰文艺出版社
　　　　　南京市中央路 165 号，邮编：210009
网　　址　http://www.jswenyi.com
印　　刷　苏州市越洋印刷有限公司
开　　本　880 毫米×1230 毫米　1/32
印　　张　6.125
字　　数　140 千字
版　　次　2024 年 4 月第 1 版
印　　次　2024 年 4 月第 1 次印刷
书　　号　ISBN 978 - 7 - 5594 - 7575 - 6
定　　价　58.00 元